千曲川风情:岛崎藤村散文集

[日]岛崎藤村 —— 著   陈德文 —— 译

北京联合出版公司

雅众文化 出品

目 录

序	1
学生的家	5
天牛虫	9
乌帽子山麓的牧场	10
青麦熟了的时候	15
少年群	17
麦田	19
古城初夏	22
山庄	29
卖解毒药的女人	34
银傻瓜	35
祇园祭前夕	36
十三日的祇园	38
节日之后	43
中棚	44

枹树荫	49
山间温泉	50
学校生活	53
乡村牧师	56
九月的田埂	57
山中生活	59
护山人	63
秋季的见习旅行	67
甲州公路	68
山村一夜	70
高原上	73
落叶	78
炉边话	81
小阳春	84
小阳春下的山冈	85
农民的生活	88
收获	92
巡礼之歌	96

便餐馆	98
松林深处	100
深山灯影	103
山上的早餐	108
雪国的圣诞节	111
长野气象站	116
铁道草	118
屠牛	119
沿着千曲川	128
河船	132
雪海	135
爱的标记	137
到山上去	138
住在山上的人们	140
柳田茂十郎	147
佃农之家	149
路旁杂草	157
学生之死	160

暖雨	162
北山狼及其他	164
赔礼	166
春之先驱	168
星	169
第一朵花	170
山上的春天	172
后记	174

序

敬爱的吉村君——树君——，今天我写这封信给你，权作本书的序文冠于篇首。因为叫得习惯了，我依然想呼唤你这个令人感到亲切的名字。现在，我终于把在那座山乡的生活情景系统地写下来了，作为纪念，我把它献给你，也算了却我多年来的一桩心愿。

树君，我同你的交谊既深厚，又长久。在你出生之前，少年的我就寄居在你家。你生下来之后，小时候我抱过你，我驮着你走路。你在日本桥久松町[1]小学读书时，我进了白金的明治学院。我和你就像兄弟一起长大。有一年，我到木曾的姐姐家消夏的时候，也曾邀你一道同行。记得那一次你是

---
1 东京都中央区地名。

初次出门旅行。我在信州[1]的小诸成家之后,有两个夏天,我和妻子在那座山乡接待了你。你那时眼看就要中学毕业,已经是一位有为的青年了。一次是你陪伴你的父亲;一次是你独自前来。这本书里提到的小诸城址附近中棚温泉和浅间山一带倾斜的地面,想必还清晰地留在你的记忆中吧。我不只把这封信代替序寄给你,我还要把整本书写完后送给你。在那座山乡住过一个时期的我,送给依然穿着中学制服的你,这在我是顺乎自然的事。我以为这是对当时生活的最好的纪念。

"使自己更鲜洁、更简素些吧。"

这是我摆脱都市的空气,前往那座山乡时的心情。我来到信州的农民之中,学到了各种东西。我作为一名乡村教师,一方面在小诸义塾教授镇上的商人、旧士族,还有农民的子弟读书;另一方面,我又向学校的工友和学生的家长们学习。我在那座山乡整整度过七年漫长的岁月。我的内心产生了转折,离开了诗歌,选取了小说这一形式。这本书的主要素材和内容,是在那个地方默默住了三四年之后所获得的印象。

树君,你的父亲早已离开人世,我的妻子也不在了。我

---

[1] 古代信浓国别称,即今长野县一带。

从山上下来一直到今天的这段日子，你我的生活都发生了变化；然而，七年的小诸生活对于我是终生难忘的。如今，千曲川河上河下的情景依然历历如绘地出现在我的眼前。我仿佛感到我正置身于浅间山麓那片岩石纵横的斜坡上。我似乎嗅到了那里泥土的芳香。我想象着，当你仔细阅读着我的逐渐公开发表的《破戒》《绿叶集》，还有《藤村集》和《家》的上部以及最近写的一些短篇文章之后，你会发现我在那座山上受到多么深刻的感化。

这本写生集没能向你介绍知友神津猛居住的山村附近的景象，我因而感到遗憾。过去，我从未特意为年轻的读者写过东西，这本书多少是基于这种想法写成的。如果这本书能给住在那地方的寂寞的人们带来些慰藉，那也就满足了。

大正元年[1]冬

藤村

以上是大正元年冬天，出版这本小册子的时候所写的序。

1　1912年。

吉村树君是我的恩人的儿子,他在中学时代,曾陪伴我到木曾福岛姐姐家里去过。我移住小诸以后,他曾两次从东京来到这里消夏。

此外,《千曲川风情》和诗稿不同,如果把对当时的一些回忆零零散散地写入正文,要麻烦得多,所以我把这些内容一并附在这本书的后边了。

(《早春》)

学生的家

地久节[1]这天,我和两三位同僚一起,到御牧原那地方去游山。我们像猎人一般走过了松林,在长满幼松的山冈上采集了好多蕨菜,然后折回名叫鸦洼的村子。这可算是乡村中的乡村了,我们在这里度过了半日的时光。

目前,我在小诸古城遗址附近的一所学校里教书,学生们和你的年龄一样大。你可以想象,在这山上是如何盼来春天的,它又是如何短促。不到四月二十日,花儿是不开的。梅、樱、李,几乎同时开放。城址怀古园,四月二十五日是祭日,这当儿正逢花事最盛。然而,每年又必定有风雨袭来,一下子把花儿全吹落了。我们的教室,四周被八重樱围绕着。三个星期之前,一簇簇密集的花朵,紧挨着教室的窗户开放。

---
1 皇后诞生日。

课余时间出外一看，浓艳的花影映在我们的面庞上。学生们在树下玩耍、嬉戏。尤其是那些刚从小学来的青年学生，一会儿躲在那棵树下，一会儿攀着这棵树的枝条，简直像小鸟一般。说着说着，这里已经完全变成初夏的光景了。一个星期前，我吃过午饭，和四五个学生一块儿到怀古园去了，高高的荒废了的石垣上布满了新绿。

我教的学生不光是小诸镇的青年，也有从平原、小原、山浦、大久保、西原、滋野和小诸附近其他村落来的学生。他们通常要步行七八里或十多里路。这些学生大都是农家子弟，放学之后，他们各自踏上归途。有的穿过松林，顺着铁路走去；有的沿着千曲川河岸，一面倾听着蛙鸣，一面走回家去。山浦和大久保两个村庄在河的对岸，那地方适合种植牛蒡和胡萝卜等上好的蔬菜。滋野不属于北佐久郡管辖，这个村庄坐落在小县的斜坡地带，附近的村庄来上学的学生也很多。

这里的男女劳动强度大。像你这样在城市读书的人，大概不会知道养蚕假吧。外国的农村，如果是小麦产地，学校就会放麦假的，我记得在什么书上读过。我们的养蚕假大致与此相似。繁忙时节来到后，学生们都要做家里的帮手。他们从小就养成了帮助家里人做事的习惯。

学生S来自小原村，有一天，我应邀到S家里访问。我喜欢小原这样的村庄,因为那里到处都有清凉的树荫。还有,从小诸通向那座村庄的平坦的田间道路也叫人喜欢。

我嗅着浓郁的青麦的香气出发了。左右两边都是麦田,风儿吹来,绿波荡漾。其间,可以看到麦穗泛着白色的光芒。在这样的乡间小道上走着,听到深谷中腾起的蛙声,我的心里仿佛有一种莫名其妙的压抑感。这可怖的繁殖的喧嚣,这奇异的未知的生物的世界,透过充满生气的感觉,时时传到我们的心里来。

最近,S家里经营起牛奶业来了。他们是个大户人家,父亲、哥哥在当地很有声望。来到这样的乡间,七口或八口之家已属常见,并不觉得稀罕。十口、十五口的大家庭也是有的。S家里从老人到孩子都殷勤而富有乡间人的性格,这使我颇有感触。

你访问过农家吗?进门后的院子很宽阔,从厨房一侧直通到后门口。农家还有个特色,房子门口总留有几平方米的"土间"。这家的"土间"连接着葡萄架,旁边是牛棚,喂养着三头奶牛。

S的哥哥提着大铁桶从牛棚里出来了。大门口,S和母亲二人弓着腰,准备把鲜牛奶装进坛子里。我站在近旁看了好一会儿。

其后,我在牛棚前向S的哥哥打听各种事儿。听他说,牛因性情不同，有的温驯地任凭人挤奶；有的则不大情愿。有的暴躁，有的沉静，各有差异。有的牛听觉十分敏锐，从脚步声可以判别出主人来。我还听说，为了使得这些奶牛得到休养生息，开辟了西乃入牧场等地方。

晚间送奶的准备工作做好了，S的哥哥直奔小诸而去。

天牛虫

在这山上,我经常碰到一位长着没有光泽的茶褐色头发的姑娘,有时候那头发看上去又近乎灰色。她站在小小的茅屋前,站在一片片桑园的石垣旁。看到这位姑娘站在这些地方的姿影,不由使人联想起荒僻乡里的生活景象。

"小小百姓,春秋辛勤劳作,到了冬天只能吃到这一点,简直就像天牛虫一样,一吃就空,一吃就空呀……"

学校的工友对我这么说。

乌帽子山麓的牧场

水彩画家B君从欧美漫游回来之后，在故乡根津村新筑了画室。以前，到我们学校教课的是水彩画家M君。M君画了不少信州的风景。过了一年就回东京了。现在B君继他之后教学生绘画。B君创作之余，每周从根津村到小诸来上课。

星期六，我打算访问这位画家，从小诸乘火车到田中，然后走上七八里光景便登上小县的斜坡。

根津村有个在我们学校毕业的青年O。他曾说要报考军校，却过早地成为一名独立的农民。他并不感到有什么不好。我路过O家时，见到了他的母亲和姐姐。O的母亲是一位体格高大而肥满的妇女，红润润的面颊给人朴素的快感。千曲川沿岸的妇女都很会劳动，因此显得气象非凡。你看惯了城里的妇女，这里的情况恐怕很难想象吧。在这地方，我曾遇到过颇有些野蛮气的女人，O的母亲却不像那般粗鄙。反正，这妇女的身体强健得令人吃惊。O的姐姐也有一双女人特有的勤劳的双手。

我在B君和他的邻里的邀请下，到根津去转了转。听说这邻人就是B君小学时代的朋友。从这个大斜坡上可以尽情眺望山野风景的全貌，还可以看见千曲川的河水打遥远的谷底流过。

我们沿着村头的田间小路，来到新叶成荫的白杨树下。河谷里长满了鬼芹菜等有毒的茂草。在小山麓选了块地方，三个人把双脚伸展在草地上。这时，B君的朋友打开随身带来的烧酒。草地的酒宴前边，不时有青年女子结伴走过，她们是去割草的。

"咱俩曾在这里打过猎，一同痛饮过半日呢。"B君的朋友若有所思地说。

"那已是五年前的事啦。"经这么一说，B君也想起了到西洋留学以前的事情来了。

B君掏出写生本，照着杨树灰色的树干和随风飘动的柔嫩的绿叶，一边写生，一边谈话。这位画家哪怕出外散一会儿步，也随身带着写生本。

第二天，我和B君两人直奔乌帽子山麓而去。我打算到牧场去，B君说，他也想顺便去写生，一道去吧。所以那天晚上我倒成了累赘。本来，从这座村子到牧场，必须攀登十多里的山路，没有个向导，那地方我简直不能去。

夏天的山峦——山鹤鸰——单单听到这样的词儿，你就会想象到我们所走的山路的情景了。一种贫瘠的火山灰土壤干得成了灰。踏着这种土，分开杂木林间的一条小路走着，在一片微微发黄的嫩叶的凉荫下，我们遇到旅行的商人。

越走山越深了。山鸽在啼叫。B君边走边讲起到飞驒旅行的故事。他说有一种鸣声如呼叫"十一"的鸟，听了颇感凄凉。"十一……十一……"B君逐渐尖着嗓子，学起那些飞越山谷的鸟叫起来了。不觉间，我们已站在山冈上了。

你想象一下这山冈上的情景吧：到处生长着美丽的花草；银铃般的花朵儿垂挂着；初夏的阳光充溢着山间。我们未曾想到，那香气袭人的山谷百合原来生长在这样一些地方。B君在西洋时听说过这种花儿，他也知道北海道和浅间山脉一带有，因为太多了，没有心思采集。我俩伸展着腿，睡在草丛中，简直是花的褥褥啊！爱花的B君说，山谷百合又名君影草，意味着"幸福的归来"。

同谈吐风雅的美术家一起到牧场去，一路上我毫无倦意。山冈上随处开满了杜鹃花。据说牛不吃这种花，所以生长得十分繁茂。

这广阔的高原据说走一圈儿就有十五六里，如今，它的一部分映入我们眼中了。牛群出现了，不知为什么，有的牛正朝着我们这里奔突。从这些放着的牛群旁走过，对我这个不太习惯的人来说，总有些胆战心惊。我们快步向牧人的住居走去。

牧人的小屋位于谷底那块地方。去之前，我们遇到了正在山溪间饮水的牛犊和采摘蕨菜的孩子。为了不使牛跑来把门撞破，小屋周围设了栅栏。年老的牧人住在里头。贫瘠的田地似乎也是这位老爷子开垦的。在这座破旧的小屋内，牧人为我们烧了开水，沏了茶。

墙上挂着"山猫袋"，里面装着锯、砍刀和镰刀等东西。牧人对我们远道来深山里访问似乎很高兴，他对我们讲述了养牛的经验。他每月从牧场主那儿领取十日元的津贴。他还告诉我们他是从另外的牧场搬迁到西乃入沼泽来的。他说，牛的角发痒，老想往东西上磨蹭，容易毁坏东西，颇叫人头疼。今年牧草又矮又少，牛吃不上几口就得挪动地方。

牧人一边思索一边讲述那些眼下望不见的牛的故事。他说，那些牛会不会沿着深山里的沼泽到山间温泉那边去了呢？

"不会吧，那沼泽是不到山脚下的。牛连柳叶都会拽下来吃的啊！"

于是，牧人改变了想法，又谈起牛的事来。

不一会儿，牧人领我们走出了小屋。从表情上看，好多牛在等着他，于是他手里提着盐出来了。路上，他又告诉我们许多事情："这牧场属木质杂草，牛很喜欢吃。""如今，树木矮小，所以夏天热得受不了。"

来到这里一看，人和牛似乎相依为命了。这位老爷子清楚地知道，牛只要吃盐饮清水，病就会好转。而且，凭听觉他还可以从牛的叫声分辨出月经来潮的母牛来。

跨过盛开野木瓜紫色花朵的山谷，我们又来到可以望见牛群的地方了。牧人走到近旁给它们盐吃。小黑牛首先摇着耳朵走来。接着，额头宽阔、眼神可爱的红毛牛，脖子上长着花斑的牛也都陆续过来了。它们也不说声谢谢款待，就摇头摆尾走向放盐的地方。牧人对我们说，牛刚来的时候，也都想家，住过了两天就习惯了。强壮的牛和强壮的牛结成一团儿，孱弱的牛和孱弱的牛结成一团儿。对面的斜坡上也可以看到牛群，有的躺卧，有的站立，有的嬉戏、玩耍……

这牧场每月凭五十文钱接受各地的主顾把母牛入托进来。这样来的母牛如今共有五十多头。种牛一头。牧人的主要职责是守护牛的繁殖。我们道过谢，就和这位牧人告辞了。

青麦熟了的时候

　　学校的工友是个有趣的人,他对我讲述了各种各样的事。他一面当校工,一面在家里做佃户。活儿主要和他年迈的父亲还有弟弟一起干。这是个纯粹的佃农之家。放学之后,校工打扫教室的时候,他的那个面孔红润的妻子,背着孩子,有时来做丈夫的帮手。学校教师的家里,也有人种着不少田,这汉子就去帮忙种菜。校长像个大户的农家,种了许多蔬菜,还种燕麦等作物。逢到闲暇的时候,我就抓住这位校工谈论有关种田的事。

　　我们的教员室靠近旧士族的宅邸遗址,隔着松林可以听见深谷中奔流的千曲川的水声。这教员室位于一座教室上,一面接干事室,一面接校长室,占据着二楼的一隅。有四个窗户,从一面窗户内,可以看到群立的松林和校长家的茅草屋脊。从另一面窗户能够窥见起伏的浅浅的山谷、桑园、竹林等。远处的一部分山峦也遥遥在望。

　　这些窗户虽然粗劣，但外面的景色很好。我倚在其中一面的窗户上，听校工讲述六月种豆的劳苦。翻地、撒种、施肥、培土，要有四个人干。土地像火一般灼热，赤着脚撒豆是不行的，只能穿着草鞋干这活儿。校工还给我讲了种小麦的事。每九十坪[1]的小麦，需要施一斗粉糠肥料。此外再把大麦壳和青草沤烂，搀在粉糠里撒到麦田中去。小麦照例作为年租交纳，夏季的豆子和荞麦等归农民自己所有。

　　南风吹来，浅间山的积雪融化；西风吹来，田里的青麦黄熟。这都是校工告诉我的。经他这么一说，顿觉那和煦温润的西风吹拂着我们的面颊、打窗外通过的时候已经来临了。

1　约合三百平方米。

少年群

从学校归来,在跨过铁道岔路口的石垣下,我遇到了一群少年。这些孩子拖着两条黑糊糊的鼻涕,穿着草鞋,其中也有光着脚踩在土上的。"小子!""你这个家伙!"他们不怕抓破对方的脸,在玩摔跤的游戏。

每个孩子都像演员,看我站在那里瞧着他们,孩子们更加起劲了。有的逞能登上危险的石垣,有的在下边喊道:"会摔伤的!"其中有个矮小的孩子,我问他几岁了,"哎,五岁啦。"那孩子答道。

磨房那边,传来另一群孩子的声音。正在玩耍的孩子中,有的听到喊声立即跑了出来。

"来吧,这家伙,拉住我的手!"哥哥模样的孩子迅速伸出手来帮助年纪小的孩子。

"呶,给你米吃。"有个孩子说罢,拔下一把草冷不丁儿往同伴的嘴里塞。对方也不示弱，虽未说什么"等着瞧"一类的话，也叫了声："你这个家伙！"

"浑蛋！"这一方轻蔑地骂道。

"什么？你这家伙！"对方拾起石子投过来了。

"讨厌，讨厌！"一个孩子笑着逃了，另一个孩子拿着棍棒追赶。也有的背着婴儿在后头紧追。

你瞧，我每天到学校上课，每天都能看到这种情景。有时我还看到，大人举起石头，瞄准孩子叫道："小子，看我砸死你！"你知道吗，这正是大人和孩子之间那种边说边笑、天真无邪的语言啊。

在东京下町[1]空气中成长的你，看到这种情况会说些什么呢？一定觉得野蛮吧？其实，你要知道，正是这种野蛮能给疲倦的旅人以官能上的刺激，从而增加些生气。

---

1 指东京台东、中央、江东等庶民阶层居住的商业区。

麦田

青青的原野上，弥漫着蒸汽般的光芒。远近的田埂上，树木都吐出了鲜活的嫩芽。叫天子和麻雀的鸣声交混在一起，还可以听到芦花鸟尖厉的嗓音。

在火山麓的大斜坡上耕作的田地，全用石垣支撑起来。此时，这些石垣盖满了杂草的叶子。和石垣一样司空见惯的是众多的柿树，走过柿树微黄而透明的青荫，心情十分舒畅。

小诸市就是在这片斜坡上顺着北国古道的两侧发展起来的狭长的市镇：本町和荒町以光岳寺为分界，左右曲曲折折，主要是商家的地盘，两端分别和市町及与良町相连接。我从本町的后街出来，越过相生町那条和车站同时开辟的道路，再穿过残留着古老士族宅邸的袋町，来到田圃旁的小路。

走到这里，就可以看到那些邻接荒町和与良町的家家户户的屋顶，白墙、土壁都掩映在绿叶丛中。

一个汉子干活累了，伸展着满是泥土的双腿，仰面朝天地躺在田块旁边的草地上。青麦的穗子刚熟成黄绿色，萝卜开着繁密的白花。我打石垣和草堤间通过，在布满石子的小道上行走。不一会儿，来到靠近与良町的麦田里。

小鹰在我头上飞舞。我找了一片生长着青草的地方，一边嗅着泥土的气息，一边躺着。饱浸着水蒸气的风吹来，麦穗和麦穗互相摩擦，发出私语般的声音。这当儿，一个农民在田里耥苗，铁锹不断发出声响来……侧耳静听，传来沉向谷底的细流的响声。从这响声里，我想象到被河水冲刷的沙子。这声音我听了好一会儿。但是，我总不能像野鼠一样，独自在草丛里长久地待下去。那微阴呈乳白色、但却发出光亮的天空，使我的心情生厌了。自然，对于我来说，无论如何是不能长久熟视下去的……我真想逃回家去了。

于是，我又站起来了。温润的风掠过麦田，我的头发被吹得盖住了额头。我重新戴好帽子，溜达起来。

地里有孩子玩耍。有的妇女戴着手套，扎着浅黄的背带，露着腕子在劳作。长着青草的田埂上，吃奶的婴孩在睡觉。忽然，孩子醒来哭了，年轻的妈妈撂下铁锹跑了过去。于是，就在地里让孩子抓摸她那垂着两个硕大乳房的胸怀。我像面对一幅风俗画一般，站在那里，对这一对母子瞧了一会儿。

一个老婆子在草堤上割了一捆杂草背走了。

我在与良町后街碰到了下田劳动的K君。K君是个子矮小、性格活泼的人。他虽然刚刚娶了年轻的媳妇,当地人已把他当成建设新时代的小诸的一名壮汉而寄予厚望。这样的人也种起田来,倒是很有意思的事。

一位头发花白、眼窝深陷、鼻梁高耸、手掌粗大的长者,打着招呼从我们面前走过,他腰间挂着坠有兽角的大烟包子。K君指着这位长者对我说,他是这一带第一个老农。那长者似乎想起了什么,回头朝我们瞧了瞧,露出了那短短的白胡子。一个汉子挑着粪桶打田地的对面走过。K君指着那汉子笑着对我说,他那桶里肯定装着偷来的葱什么的。后来,我还遇到一位农民,他头发白中带红,目光灰暗,黑红脸膛,看样子喜欢喝酒。

古城初夏

我的同僚中有一位理学士,教授物理、化学等课程。

学校放学的时候,我打这位年老学士的教室旁通过。站在门口一看,学士刚刚讲完课,正站在桌子前边向学生们解说着什么。桌上放着大理石碎片、盛盐酸的瓶子、量杯、试管等。点着了蜡烛,学士将手里的量杯微微倾倒给大家看。二氧化碳从玻璃板盖的隙缝里流出来,烛火像被水泼一般熄灭了。

天真的学生们一起围到桌子周围,张着嘴,睁大了眼睛瞧着。有的微笑着,有的袖着两手,有的手托着两腮,露出各种复杂的表情来。学士说,要是把鸟或老鼠放进杯中,立即会被闷死。一个学生听罢马上站起来。

"老师,虫子能活吗?"

"哎,虫子不是和鸟儿一样需要氧气吗?"

发问的那个学生立刻跑出教室，转眼之间，他已站在窗外的桃树旁了。

"哦，他去捉虫啦。"

一个学生朝窗外望去。那青年在院子里浓密的樱树荫里寻找什么。过一会儿，他捉了个东西回来，交给了学士。

"是蜂子呀。"学士厌恶地说。

"嗯，正发怒呢，小心螫着。"

学生们七嘴八舌，学士弓着身子，做出极力不被螫着的样子。当他把蜂子放进杯子的时候，学生们都下意识地笑了。

"死啦，死啦！"有人喊着。"不顶用的家伙！"有人骂道。那蜂子像是验证着真理一般，在杯中转了几个圈儿，扭着身子，闷死了。

"已经不行了吧？"学士也笑了。

一天，校长和同僚们一起到怀古园中练习射箭，在绿荫丛中，大家一同开辟了十五码[1]的场地。在学士的邀请下，我也从学校直接向古城遗址走去。

我初见学士的时候，只以为他是专到这乡下来隐居的老学者，未曾想到他还这般平易亲切。我们，除了三位同事，都是外来的，其中也有像学士一样饱尝世间辛酸的人。这种

---

1 十五码相当于十四米。

人对服装极不在意，讲课却很热心，有时候破旧的西服上沾满粉笔灰也不去掸一掸。因此，起初镇上的人都疏远他们。凭服饰和薪水认定一个人的价值，这是一般人的眼光。然而学生的家长们逐渐地不得不认可学士那种亲切、正直和可贵的品格。我从未见过像他这样开诚布公的人了。不知打什么时候起，我同这位老学士成了好朋友，如同听自己的亲人话旧似的，我听到了他那难以抑压的喟叹和埋藏在内心深处的愤怒的声音。

我们聚齐后就出发了。从学士的口中，时时涌流出轻快的法语。每当听到他说法语，我就想起学士那华奢的过去。学士那般无所拘束的风采之中，有些方面似乎仍不失往日的潇洒之态。他的胸前打着别致的领结，那种很少见的领际闪着光亮。看到这些，我有时竟像孩子一般觉得好笑。

白中渗黄的柿子花，早已随处飘落，散发着香气。学士提着弓箭袋和装有松脂油的布包，边走边说道：

"哎，告诉你们一件事吧，我们的第二个儿子，他很喜欢同孩子们一起玩相扑，这阵子忽然夸奖起我的这张弓来啦。爱玩相扑的人都有一个奇怪的名字，我问他叫什么，他说他叫'海里鲨'。"

我不由得笑了，学士强忍住笑继续说：

"哥哥也是有名字的，我问他你想取个什么名字，他回答说，爸爸喜欢摆弄弓，为了祝福你百发百中，我就叫他'箭箭中'吧。你听，叫'箭箭中'，小孩子的话，多有意思。"

听着这位老爷子讲故事，不觉已到达古城门前。一个骑马的医生，对着我们打了个招呼走过去了。

学者目送着他，又说开了：

"那位先生，养鸡、喂马、玩小鸟、种牵牛花……什么都干呀。到了种菊花的时候就种菊花。不管哪个乡村，总有这样一个医生，一个奇特的人。'其他的都算不上医生，卖江湖膏药的，不值得一提！'瞧他这口气。不过他倒是个很有意思的人。每到乡下来，要是没有药钱也不打紧，给点儿地里出产的土特产就行，大葱什么的拎一把来也成。所以老百姓都很喜欢他……"

要说奇人，不光是这位医生，还有那些旧士族，不甘过着闲散无聊的生活，有人像隐士一般到千曲川垂钓。还有一位和姐姐两人住在城门边，往怀古园内挑水，帮助官府做事。旧士族中奇人多，时世造就了他们成为这样的奇人。

如果你走过这一带士族居住的遗址，看到这里的断垣残坂和只剩下几块石础的桑园，听一听众多离散家族的哀伤的历史，回头再看看本町和荒町生意兴隆的商人之家，你就会感到"时光"的脚步快得有些怕人。不过，到其他地方崭露头角的新人物，大体都是受过教育的士族子弟。

眼下，这位拎着弓箭走在破败的城址坂道上的学士，也是某藩的士族。校长似乎是江户时代的"御家人[1]"。那位学校的干事兼汉学教师的先生是小诸藩的人。听说学士十九岁时参过战。

我游览了这座古城遗址，这里美丽的风景是你无法想象的。透过繁密的绿荫，可以眺望银白的山峦。日本阿尔卑斯山山谷的白雪，从这里望过去就像一道白壁一般。

怀古园内的青藤、木莲、杜鹃和牡丹等花木，一时争妍斗艳，香气四溢，如今已是一片浓绿，清新可人。只有登上天主台才看得见千曲川。山谷之深，由此可以想象。浅间山一带有大海般广阔的斜坡，走在黑幽幽的松荫下边，仰头可以窥见六月的天空横曳着一线山坡来。我给你介绍过的乌帽子山麓的牧场以及 B 君居住的根津村等地方，虽然看不见，但从那里可以朝松林的对面直插过去。从高高的石墙上可以看见下面榉树和枫树的绿荫遮掩着我们的靶场。

境内有一座十分漂亮的茶馆，我取出预先寄存在那里的弓箭，同学士一道走下长满青苔的石阶。静寂的靶场里也可以遇到校外的人。

"自从练习射大弓以来，到明天就满周年了。"

---

[1] 直属于将军的士臣。

"尽管练了一年，停了一段时间后就再也射不中了，说来真是笑话啊。"

"真棒！是'尺二'大靶哩，完全拜托你啦。"

"霹雳！"

"这样干不行——"

操着强弓的汉学先生和体操教师之间进行了上述的谈话。理学士操着一张最弱的弓，但由于很认真，所以百发百中。

说起古城遗址，你可以想象，那里几乎没有什么人居住。我向你讲过那个城门旁边的守门人和园内的茶馆，此外还住着一个养鸡人。这人疾病在身，终日无聊苦恼，跑到我们的靶场看热闹。他站在我们背后，时常发出奇警的批评。看到我们一齐拉满弓，尾羽蹭着面颊，他就开玩笑说："瞧，你先生连拉弓都厌了，干脆到靶场上喂鸟去！到了那一天，这地方就归我啦……不过，这射箭的事总是没完没了的。"他不停絮叨着，有的人好容易憋足了气力，经他一说又松了劲儿，连弓也拉不动了。

对于来到小诸隐居的学士来说，这绿荫看上去好比是藏在深处的乐园。当他所珍爱的鹰羽箭一齐飞向白色的靶子的时候，学士似乎把一切都忘了。

忽然降起热雨来了，传来了雷鸣。浅间山的山麓被云彩掩没了，看上去灰蒙蒙一片。几块云层在风的吹动下，打我们的头顶飘过去,向山那边移动。雨点儿骤停一阵,又猛然降落下来。"看来动真格的啦。"学士一边说,一边去拆卸自己新近制作的七寸靶子。

城址的桑园内有人淋着雨在劳动。大家正在眺望流云的当儿,初夏的阳光忽然透过绿叶照射下来。弓箭手们雄纠纠地射出了一箭。不一会儿,又是一阵大雨。大家只得断了念想,一同折回到茶馆里。

我和学士一起从高高的颓败的石垣上下来,踏上归途的时候,看到东方天空有一道颜色艳丽的彩虹。然而,学士只是慢悠悠地走自己的路。

山庄

从浅间方向跌落下来的细流，到了有竹林的地方分成了两段，一股流向有着磨房的浅浅的山谷，打我家的后面穿过；一股顺着马场里的街道流去。坐落在河两岸的房舍，便是我家加入的那个"组合"，我搬到马场里之后，马上就参加了这个"组合"。小诸镇可以说没有一块平地。这里地势倾斜，稍微下点雨连细流涓涓的小河里也流着沙子。我到本町去买东西，必须从"组合"的房舍旁边登上一段坡道。

"组合"的头头是个勤勉的裁缝铺老板，他经常出入于本町的一位商人之家。一天，商家经理邀请裁缝铺老板和我去玩，他说眼下生意清淡，店里人都到东泽的别墅去了。

我向你介绍了一些古城附近的情况，镇上人家的情景还没有提到，那就谈谈我应裁缝铺老板之邀，一同去看商家别墅时的经过吧。

你到地方的小城市去旅行过吧。在那里，来来往往的人之多会使你感到城里的人还是少的。他们都是来购物的当地人和在此停留的旅人。乡下人的神经质都在这些地方表现出来了。小诸就是这样，许多人专拣顺当的地方走，横街、小路、田埂上，人来人往。

我和裁缝店老板一同看了看商店林立的本町的街道，从那里正好可以走向田间的道路，从里侧看着小诸的一部分街道，粉墙和土墙房屋交混在一起，建筑在坚固的石垣之上。其中有的高耸着三段窗户，像城郭一般映着阴沉沉的太阳。这些建筑同那些外表看上去黯淡而朴素的布帘相对照，表现了当地人的气质和富足。

麦秋。我们的两侧是一年两次黄熟的田野。有许多已经收割完了的麦田。约莫走了一半的路程，一位提着咸鱼肉包的农民和我们同路而行。

裁缝铺老板看了农民一眼。

"已经插完秧了吧？"

"嗯，两三天前总算干完了。不过，往年都是十天前就干好了，近来晚了许多日子。晒不着太阳的田地本来不长庄稼的，今年可望多打些粮食啦。"

"是变暖和了吗？"

"和这也有些关系，所不同的是田地比过去多了，田里的水也变浑啦。"

农民若有所思地答道。

商家的人都集中在东泽的山庄里了。店里只留下老板娘和两三个伙计,其余都到这里玩来了。东京下町出身的你(日本桥传马町的衣针类批发店,浅草猿屋町的隐宅,这些对于你我来说是多么值得缅怀的名字),大致可以想象出来如今我和一些什么人在一起。

山庄是二层建筑,面对水池,位于幽静的沼泽地的入口。左面是围绕浅间山谷的松林,天空阴霾,看不分明。逢到响晴天气,据说能望到富士山的山头。池畔盛开着菖蒲花,令人赏心悦目。裁缝铺老板指着院中的高丽桧叶给我看,听说是专门从东京移栽的,但没有引起我多大兴趣来。

我们被领到可以望远的楼上房间,房东穿着条纹土布服,系着蓝围裙,头发留得又短又朴素。这个虽然不是掌管一切权利的财产继承人,却像一个颇有毅力的大店主。肥满的经理也来到我的身边。房东摆出池塘里的红烧鲤鱼为我们献酒,楼下面几个小伙计在忙着,有的做菜,有的跑堂儿。

一点儿小事情上,也能表现出质朴严谨的大店家风来。经理看到我们的面前凉拌豆腐碟子内盛有鱼松,而房东和他自己的一份里没有放,就从楼梯口向下吩咐小伙计道:

"光有酱油怎么行?给弄一些鱼松来。"

小伙计答应了一声,新削了两大盘鱼松端上来了。

不一会儿,经理从楼下拿来将棋,放在裁缝铺老板面前。

"让你两个子儿吧。"经理说。

"虽说二十年来一直没有下过,但也不一定输给你,那就来一盘吧。"裁缝铺老板笑着答道。

房东看来也乐于此道,在一边盯着,不住加油。他一会儿说裁缝铺老板脾性儿好,一会儿说有一步好棋。但最后还是客人输了。经理衔着酒杯,摆出一副"谁来都可以"的架势。

"让我下一盘,替你报仇。"

房东跑出来,同经理下开了。下着下着,房东的手气有些不妙。经理响亮地拍了一下自己的脑瓜,打了个舌鼓说:

"这下子要对不起啰!"

房东败了,再下第二盘。

楼梯下面,一个腰中缠着大钱袋的男孩,在逗一只黑色的洋狗玩。他忽然跑回家,缠着大人不放。小伙计对付不了他,裁缝铺老板不忍看下去,就走下楼来和孩子一块儿玩。这时,我也在院子里散步。平时迟开的珍珠梅也开放了。来到藤子架下,看到池中鲤鱼跳水的情景。

"池子里一有了水,鲤鱼就逮不住了。"有人说。

我绕着水池走了一圈,经理红着脸从楼上下来。

"先生,胜负如何?"裁缝铺老板问。

"两盘都是这个。"

经理把两只拳头叠在鼻尖上,装出趾高气昂的样子,一面大声快活地笑着。

我同这样的人们一起,在这个阴沉的山中度过了一些时光。细雨飘零的时候,离开了这座山村。经理用半醉半醒的语调喊道:

"两个人打一把伞,合伙打伞像一对情人那才有意思哩!"

说罢借给我们一把普通大伞。我同裁缝铺老板一起打着伞正要动身,"再拿一把去!"小伙计说着跑了过来。

卖解毒药的女人

"卖解毒药啰!"

各家的门前都有女人用尖厉的越后[1]地方的嗓音在吆喝。

穿着黑色的衣服,一副行旅打扮,背着大包袱,斗笠顶着明晃晃的日光。每逢这个季节,她们成群结队从远方来到这里,就像燕子一样准时。她们千里迢迢来到这座山上,又像群鸟分散开来,分别飞入家家户户。她们两人一堆,三人一伙,各自站到各家的门口。这当儿,我正逢到学校去的路上,几乎每天都会遇上这些卖解毒药的女人。她们看起来个个很相像。

---

1 新潟县的古称。

银傻瓜

"不管哪个地方,总有一两个傻瓜。"有人说。

走过贫困的街道,我遇到一位生着黑胡须的卖糖人。他站在高高的石垣下边,吹着喇叭。这一带是靠近火车站的后街,我从学校往返经常经过这里。当我一出现在布满岩石的桑园间的道路上,就看到有个人拉着货车飞也似的从斜坡上跑下来。车上装满了猪的大腿。后来我听说那人叫银傻瓜。"银傻瓜"意思是指只会默默干活的傻瓜。听说这个人自家的宅地被人强占了,他也不闻不问,一门心思扑在劳动上。

祇园祭前夕

春蚕期一过，在当地不久就迎来祇园祭的季节了。这个城镇，没有几家不养蚕的，就连寺院的僧侣也把养蚕当作一年里主要的收入来源。我家没有养过一次蚕，听起来叫人觉得奇怪。在这个地方，你可以想象得到，那昏暗的蚕棚，扑鼻的臭味，蚕眠的情况，桑叶的长势，一时期彻夜干活的男女……假如你不了解这些，你就很难想象接着而来的祇园祭为何那般热闹、快乐。

腰上插着秤、背着麻袋的人们，从诹访、松本等地向这座镇上涌来。客栈里一时挤满了买茧子的人。这伙人背着蚕茧向各个客栈走去，给各条街道平添了不少活气。

断断续续下了二十来天的雨，到了七月十二日，天气终于晴了。久雨初霁后的阳光格外明朗。长时期隐没在烟雾里难得一见的远山，出现一派青紫色。这一天，镇上的大人小孩都换上了漂亮的衣裳，翘首等待着。

我还听到一些关于镇上的团体明争暗斗的事，这里我不想把这些事告诉你，只是把过节前接二连三发生的纷扰给你说说吧。有的让祭祀，有的不让祭祀，一时闹得满城风雨。每年月初，着手制作牌楼，到了第七天，再把这些牌楼架到各个街道的上空。作为节日的余波，甚至有的人家，怕彩舆抬进大门受不住闹腾而搬迁了。单从这种喧闹的情景来看，就知道人们是如何期待着这个节日的到来。许多生意人也盼望着这个热闹的节日早点到来。因为人们养蚕所得的报酬，至少要在这个时候多开销些。

入夜，举行"汤立"[1]仪式。这天晚上，几条主要街道上的人们，打着灯笼向神社方面集中。我也出了家门，想去看看热闹。天上，明星荧荧。我在神社旁遇到一个卖糖果的人，听说他是靠唱谣曲[2]起家的，已经在这乡间住了好长时间了。

本町的大街上，红白灯笼映照着来往行人的面孔。灯影里，我遇到了鸽子店的 I 和纸店的 K。她们手牵手走来。她们都是住在附近的快活的姑娘。

---

[1] 巫女在神像前将竹叶浸在热水中，然后洒在来者身上以示祝福。
[2] 日本古典戏剧能乐的脚本。

十三日的祇园

十三日,学校放假。这一天,有人主张放假,有人主张不放,一直有争论。一般来说,校长执行放假的方针,干事先生主张尽量不休息。不过,祇园祭这天停课是常年的惯例。

附近的姑娘们很早就来了,她们一群一群聚集在各个街口。到处都能看到当地的小贩,拿出门板和酒桶,铺上毯子,摆出吃的东西叫卖,自己坐在临时用木板拼作的小凳上。平日面熟的菜店老板夫妇,占据着由本町到市町的拐弯处,脸孔青黑的汉子和肥胖的妻子,两个人分别袒露一只胳膊,忙着炸鱼肉丸子和做紫菜饭卷。贫苦人家的孩子穿着新制的夏衫在大街上走,像是在散发着什么东西。这情景确实像个过节的样子。

午后,家里人被B姐妹召去观看街上的彩舆。B是来学习清少纳言的《枕草子》[1]等书的,孩子们时常到她们家中去玩。

钟声不断从光岳寺的钟楼上传来,在城镇的上空回响。这天,不论谁都可以登上钟楼,自由撞钟。三点光景,我顺着"组合"的房舍,登上铺满夏日阳光的街道,来到最高点再拐向本町。家家户户都挂着青色的竹帘。这种帘子和七月的祭日尤为相宜。

形形色色看热闹的人像赶庙会一般从我面前经过。本地的男女风俗各异,有的汉子腰间圆鼓鼓地缠着紫色的毛织宽腰带,有的女人绾着特大的发髻,满头插着发饰。有的姑娘打着男用的洋伞,有的孩子勒着法兰绒棉围裙,下摆掖在屁股上面。还有的小女孩又黑又粗的脚上套着白布袜子,穿着短裾的和服。这些人走上十里二十里,一点也不在乎。其中有从西轻井泽来的客人,还有用好奇的目光四处张望的西洋妇女。街上的孩子们,一个个兴奋地在人群中跑来跑去。

不一会儿,有人从镇子下面滚来一只木臼,看热闹的人都向街两侧的房檐下逃去。

"哎哟,哎哟!"

---

[1] 随笔集,清少纳言著,成书于公元1000年左右,记述作者宫中生活的感受、四时和自然界的变化,有很高的艺术成就。

沉重的彩舆伴着号子声抬过来了。狭窄的街道上，彩舆不时停放在木臼上面。身强力壮的一帮汉子抓住彩舆四周，一边咕噜咕噜打转转，一边扬着胳膊高声喊叫。在一片欢呼之中，人们又抬着彩舆前进。看热闹的人们的身上流淌着同一种韵律。回来的路上，我看到孩子们也一同踏着步子前进。

这一天，城镇上经过一场喧闹之后，人们的心里总是安定不下来。六点左右，我又到本町的街角里观看。"哎哟，哎哟"的号子声已经沙哑，听起来成了"唉呀，唉呀"的呼喊了。人们吐着酒气，彩舆被抬上镇子的高坡，马上又下去了。五六十个围观的人尾随着狂呼乱叫，众多的巡警和服务人员跟着跑过来。晚饭时分，看热闹的人们四散开去，彩舆的阵势反而更强了。当彩舆经过名商巨贾的大门前时，看的人都捏着一把汗。

蓦然间，彩舆变成了一种运动。来到一家的门口，有的人首先挑起事端，有的人扬起双手加以制止。在众多人的追迫下，彩舆眼看着倾斜了。此时有人从家里跑出来，抓住彩舆旋转。混乱中有人被踩倒了，血流满面。"放下彩舆，放下彩舆！"巡警跑过来，经过激烈的争论，除了轿夫，一般不许其他人靠近。彩舆周围由戴白帽、穿白衣服的人看守。"好了，抬起来吧。"随着一声呼唤，彩舆又向仲町的岔路口前进。看热闹的人群中，一个大汉被撞倒，仰面朝天躺在地上。

"快逃，孩子，孩子！"

大家七嘴八舌嚷着。

"巡警够辛苦的呀！"

"真难为他们啦。"

看热闹的人你一言我一语。

天黑以后，满街的灯笼十分美丽。人们卷起帘子；在店门口铺上毛毡，竖起一块屏风，坐在上面纳凉。

彩舆由市町向新町方面转移。走上一段坡道，香火钱像雨点般撒下来了，女孩子们伸手去拾。后头是手提灯笼往来搜寻的"青砥的子孙"。[1] 有位五十光景的女人，从暗处出来，忽儿摸了块石头，忽儿抓起一把泥土，使人联想到这真是个欲壑难填的世界啊！

市町桥靠近学校里植物教师的家，距离我的挚友医生T君的家也不远。桥上栏杆的两边，并排着幢幢的黑影，有的迎面吹着凉风，有的窥伺别人的面孔，有的声嘶力竭地唱歌。被人拉着手的女人们说着拒绝的话。

晚上九点过后，马场里的灯笼依然明亮，"组合"的人

---

1 指那些拾香火钱的人们。传说青砥藤纲在镰仓的滑川内丢了十文钱，他花了五十文雇人打捞。

们聚集在裁缝铺和当铺前,一边纳凉,一边说着节日里的见闻。这天夜里,看不见星星,萤火虫从黑暗的河面上迷茫地飞来,在街心盘旋,发散着青莹的光芒。

节日之后

第二天一早就下起了凉雨,房子周围的柿树和李树的绿叶凝聚着雨珠,点点滴滴落下来。李树的叶子经雨水打湿,更令人觉得清凉宜人。

本町的大街上一反前日的拥挤混杂,家家户户都把灯笼移到了里院,挂在蓝色短幔下边的竹帘显得十分宁静,深院里传来向烟灰碟内磕打烟灰的声音。马路上只能看到姑娘和儿童打着伞在游逛。前一天用过的那只大木臼,滚到了街角,被七月的雨水淋湿了。

听说这个月的十四日,家家都做小豆饭,炖菜,共享节日的欢乐。午后四点光景,天空尚未转晴。有的汉子戴着黑便帽,挎着古老的腰刀,就像歌舞伎中的人物一般,同神官、节日服务人员、儿童们一起,人人都穿着浅黄的长袍大褂,穿过街上的稻草牌楼,在微雨中走着。

中棚

从我们教员室的窗户内，可以望见浅浅的山谷，那里经过耕耘，种植了桑树。

这种山谷夹持着长满松林的悬崖，古城附近还有几处。随着向千曲川方向沉落，山谷也越来越深了。我们在城门旁边挖开一片草地，建成了网球场。这地方也是山谷的起点。M君在小诸的时候，曾在这谷间作过水彩画。听学校的体操教师讲，很久很久以前，发生过可怕的山崩，从浅间山涌来的洪水冲刷出了这样富有变化的地势。

八月初，我穿过这道山谷到中棚去。我经常到那个地方去。那里有矿泉，从家里步行着去，那距离不远不近。

中棚附近有许多肥沃的耕地。走上一处山崖，斜坡上坐落着校长那幢小巧的别墅。下面可以看到温泉场的旗子，可以看见苹果园。千曲川河水从对面流过去。

下午一时过后,我沿着田间小道来到千曲川河畔。众多的岩石缝里长着芦苇、蒿艾和矮小的杨柳。我是和从长野来的师范学校的学生一起去的,他们是A君和W君。这些人利用暑假到我家里读书。岸上有许多少年,踩着滚烫的沙子到河里游泳,其中也有我们学校的学生。

天热以后,我经常带着自己的学生到这里游泳。跟隅田川相比,千曲川是完全不一样的。起初,千曲川那青碧的河水油一般平静地流淌,但一碰到浅滩就变成眼花缭乱的激湍。向上游望去,河水扬起雪白的浪花,从幽暗的岩石阴里流出来,到了下游,又像箭一般奔涌而去,接着冲撞在五里渊的红色悬崖上,以迅猛之势跌落下来。这水流并不能径直地从一座崖流向另一座崖,因为在清澈的河水下面,隐伏着巨大的岩石。游到这里只要稍一迟疑,就会被冲走。因此,如果不从很远的上游下水,就很难游过去抓住岩石而上岸。

千曲川和流经平原的利根川不同,这条河的中心总是陡峭地倾向一侧的河岸。我们在露出河床的地方,在开放着胡枝子花的岩阴里,度过了两个小时。有的人趴在热沙子上面晒太阳,有的人扑通一声跳进水里。连小姑娘都到这里游玩,她们挽起袖管,掖起裙裾,赤脚浸在水中,无忧无虑地跑来跑去。

岩石间闪现出三顶草帽,是师范学校的一伙人。

"你们钓到鱼啦？"我问。

"嗯，我们被鱼耍弄啦。"

"你怎么样？"

"有五条上钩了，可又被骗啦。"

"唔，唔，还有两个小时，该好好考虑一下回去如何交代。"

听到同伴的话，有的连忙插嘴道。

我和这伙人一同回到了中棚温泉。泉水很烫，身子浸在矿泉里，躺在浴槽里眺望外头的风景，十分惬意。洗完澡，大家饶有兴致地一边饮着茶，一边沉醉于充满书生气的闲谈之中。清凉的风从苹果园、葡萄架那边吹过来，越发增加了我们的兴味。

"上了年岁，就不爱吃甜的东西了吗？"

一个人先发话了，接着你一言我一语谈起食欲来了。

"我曾经卖掉《十八史略》[1]还了点心铺的债。"

"点心好吃，不过花费太大啦。"

"我忍了两年多呀……"

"真了不起，两年我受不住，我决定每周吃上三次。"

"不过，你听着，到了第三年我再也受不了啦。"

---

[1] 为初学者编撰的历史书，元代曾先之著，凡两卷。

"上次有位先生不是也说过吗？听说你们经常去点心铺，那地方我从未涉足，下回请带我和你们一同去。"

"嘻，嘻。"

"先生还问，大家喜欢吃点心，一次能吃多少呀。我们回答一次能吃十文到二十文钱的。先生说，真了不起，吃那么多会把胃吃坏的。可不，听说有人回到学校后连晚饭都省下了。"

"是啊，什么人都有啊，还有人拿胃药就着点心吃哩。"

三个人不管聊起什么来都是那样开心，有的手舞足蹈地笑着，听到他们的谈话，我也忍不住笑了。

过一会儿，三人吹着口哨，各自走回他们下榻的旅馆去。

从温泉沿着石垣向坡上走，可以看到校长别墅的大门，楼名叫作水明楼。这座建筑本来是先生的书斋，坐落在士族的宅地上，后来搬迁到这儿来了。这是一座闲雅的小楼，背倚山崖，景色优美。

先生是我在公立学校上学时的英文教师。那时他风华正茂，给我们讲授欧文[1]的《瑞波·凡·温克尔》。这位先生如今隐居此处，以养花自娱，在温泉水里过着晚年。他已是个白髯翁了。先生曾经开玩笑地说，他自己就好比是那个瑞波·凡·温克尔。但是，先生的雄心并没有随年龄而消磨殆尽。每有客人来访，他就谈笑风生。

我每次到水明楼来，总喜欢浏览一下先生整理得干干净净的书斋。不光如此，还可以倚着楼上的栏杆，尽情地观赏千曲川的风光。对岸烟霭萦绕的是大久保村，下面看到的吊桥就是回去要经过的那座桥。每天早晨，河对岸传来的鸡啼和每晚晃动在农舍的灯影，引起我的各种遐思。

1　华盛顿·欧文（Washington Irving, 1783—1859），美国作家。《瑞波·凡·温克尔》是他的代表作《见闻札记》中的名篇。主人公瑞波·凡·温克尔是个游手好闲的梦想家，他一睡二十年，竟不知独立战争和合众国的成立，醒后仍高呼英王万岁。

枹树荫

枹树荫。

那里是鹿岛神社的境内。学校放学的时候,我时常打树荫下走过。

一天,越过铁道岔路口,来到绿草如茵的小道上。一株古老的枹树上,拴着一头短角、长着可爱的眼睛的牛犊。我站着观望了一会儿,小牛围着树一个劲儿转圈儿,长长的缰绳胡乱地缠在枹树干上。牛犊被缠得紧紧的,最后弄得动弹不得。

对面的草丛里,一匹红马和一匹白马拴在一起。

山间温泉

既不像夏天午后的骤雨，也不像秋末冬初的阵雨，这是夏秋之交短暂的雨。这种雨洒落在草木上的声音不像骤雨那般激烈。不多久，附近的老婆子们就要来叫卖了。她们把嫩蘑装在盒子里，有的泛着灰白，带着树叶儿，有的泛着青绿。

一个月前，我到田泽温泉去了一趟，这事儿我忘记告诉你了。

温泉地有种种，山间温泉别有情趣。上田町附近，开办了一家别所温泉，为人们增添了诸多方便。不过，作为山间温泉来说，倒是交通不便的田泽、灵泉寺等地更加富有山野的情味。那一带并非没有相应的温泉旅馆，但当地人还是宁愿不辞辛劳地自己携着酱和米到那里去。自炊的浴客很多。在旅馆里只租下一间房子，房间连着锅灶，浴客穿着木屐从院子里跑来，登上阶梯就能到达楼上的房间。这座楼房凭着一双泥腿就可以上上下下，使人感觉这才是深山里的温泉旅馆呢。谈到鹿泽温泉（山之汤），那里更富有野趣。

我乘上开往上田的火车。火车沿着一半是绿叶纷披、一半裸露着红红山崖的山脉奔驰。左边可以望见千曲川的激流。渡过上田桥这座红漆铁桥时，脚下可以俯瞰千曲川大河般的流水。我穿过上田附近平原上的几座村落，在那里确实感到是走在田园道路之上。途中有树荫，也有可供坐下来歇息的简陋的茶馆。

来到青木村这个地方，我亲眼看到了农民们辛苦劳作的情景。他们背后插着树叶，利用这一点点阴凉，在田间除草。这样的大热天，在我们只有打着洋伞才能走路。

穿过这些农村地带，顺着一条浑浊的泛白的河流，登上深谷的坡道。看见白色的河水，就知道离温泉场越来越近了。走着走着，来到一个地方，看到挂着这样的招牌："汤本宫原。"这座名叫升屋的温泉旅馆，风景秀丽。我在可以听到温泉流水声的楼上，遇到了我校校长夫人，她带领十四五个女学生来到这里。这些姑娘也是我业余时间教授的学生。

楼上可以远眺浅间一带的峰峦。校长夫人说，她担心今天看不见浅间山呢。

十九的夜月照进这座山谷。人们大多静静地睡了，这时还能看到浴客们的格子窗亮着灯光,听见他们大声谈话的声音。

"身个儿虽小,倒是个野蛮人哩!"

这是爱讲死理儿的人说的话。

第二天,朝阳照耀着晨雾萦绕的溪谷,附近的山峦变模糊了。家家户户升起的炊烟,看起来比晨雾还白。浅间山隐去了,山那边闪着青灰色的光亮。白云沿着山脉升腾起来。一位叫阿国的可爱的少年也和姐姐一起来了,他在温泉旅馆的楼上吹起了银笛玩具。

这里是保福寺山头和地藏山头夹持的溪谷。二十的月亮很晚才升上天空。枕边响着激越的流水声,使人难以成眠,我睡了一会儿又起来,品味着这里的月夜的情韵。倚在高高的栏杆上侧耳静听,各种各样的虫鸣和水音,一同充满了这条溪谷。此外,幽暗的沼泽地带传来各种声响——夜半的掩门声,深更的人语,犬吠,农家欢乐的歌声。

第四天一早,我们摸黑起来,就着月光打点行装,顺着渐渐发亮的山路到别所去。

学校生活

一

暑假结束了,我和理学士、B君还有植物教员等人,又能在学校里经常见面了。

秋季开学的一天,我在可以看到繁密的樱树叶的教室窗前,给高年级学生讲述释迦的故事。

我选择《释迦谱》[1]这本书。书中论述了王子的一生,颇富有戏剧性。我选取其中释迦父王故事以及王子的青年朋友的故事讲给学生听。有一节描写青年王子沉湎于忧愁之中,他分别从东西南北四座城门走出来到树林里去。这一节也颇能吸引学生们的心。出了第一座城门,见到一个病人,王子深思,人是要生病的。出了第二座城门,见到一个老人和一个死者,王子又想到,人非要老非要死不行吗?这位王子碰

---

[1] 全五卷,梁代僧佑编。从释迦族的由来说起,详述释尊的一生以及佛教广布的历史。书内引用了多种教典。

到的有关人生的质疑表现得多么简素。出了最后一座门，遇到一个修行的人，王子就此下了决心，为了了解这种生活，他打碎了所有的东西出走了。

这不是一场戏吗？少年的头脑里不是有许多有趣的事吗？我把这故事讲给学生听，我想，在他们之中，有人有志于搞实业，有的则想做军人。我对这些学生说，我希望他们有一种决心，就像这位青年王子打碎所有的东西去过和尚般的生活一样。

我望着学生，不知他们如何理解我话中的意思，只是你看看我，我看看你，笑了。其中也有的人带着奇怪的表情苦苦思索着。

二

树木一年发三次芽，这是我过去没有注意到的。眼下是九月新叶时期。

学校校舍的周围种了许多树。大树上的樱桃熟了的时候，使我想起自己青年时代的情景。过了暑假，再来到这座院子里一看，灰白的苹果树叶，泛着微红的樱树叶，淡淡的青桐等树木，映着校舍的白墙，绘制出许多快乐的影像。到处响起学生们欢快的口哨声。网球场移到城门之后，许多人便到樱树荫里摔跤。

　　从学校归来的路上,我探望了从夏天起就生病的 B。从他家后面穿过,走下一段石阶就是苹果园,那里也映照着初秋的太阳。

乡村牧师

那位理学士每年都爱种一些牵牛花。有一次从学校归来,他向我讲述了他的一位新弟子的故事。

所谓弟子就是学习栽种牵牛花的弟子,此人是住在城里的一位牧师,一部分孩子时常怀念起他,管他叫"星期日学校的叔叔"。

有一次,这位叔叔正在传教的时候,突然天下起雨来了。那时,这位弟子刚拜师学种牵牛花不久。他的心早已飞向每日高高兴兴劳作的花圃,飞向那些海贝状的绿叶,飞向被雨水敲击的牵牛花盆。于是,他草草结束了传教,冒着骤雨直奔牵牛花架跑去。

"你看,他到底是个乡村牧师!"理学士讲完这位新弟子的故事,笑了。这位先生自己也很喜欢牵牛花,有一次他来慰问失火的事,也讲起了种牵牛花。

九月的田埂

我沿着斜坡,来到可以眺望赤坂(小诸镇的一部分)家家户户房舍的地方。

位于浅间山麓的这座城镇,刚刚从睡眠中醒来。晨炊的烟霭在湿漉漉的空气里袅袅上升,鸡鸣远近可闻。

新熟的稻田周围,豆子垂挂着绿荚。稻田里的叶子有的已经发黄。九月过半了,稻穗呈现着各种颜色,有的像芒草的穗子,有的还是通体青绿,有的垂着一串串红毛。其中,带着浓茶色的是糯稻,这一点就算我也可以分辨出来。

朝阳照射着一道道峡谷。

田埂上青草的露水打湿了双脚,怪痒痒的。我在田埂上来回地走着,听到了蟋蟀的鸣叫。

这时节,浅间山有时一天里喷吐八次烟雾。

"啊,浅间又烧起来啦!"当地人习惯于这样的说法。

男男女女停下手中的活儿来，跑到屋外，仰首望着天空。每到这时，便可以望见浅间山喷出巨大的烟团。也只有这个时候，才会使人想起原来大伙儿是住在火山脚下。过惯了这里生活的人们，平常总是忘记了这一点。有人告诉我，由于大量喷发，浅间山渐渐变矮了。人们都认为，现在的牙齿山也许就是往日喷火口的遗迹。那些以为大凡山总是有一定奇趣的游客，多半会失望的，不仅浅间，即使望望蓼科山脉，也没有什么奇特之处。有趣的是山间空气。昨天看到的山和今天看到的山都不一样，几乎每天都发生变化。

山中生活

理学士住宅一带位于荒町后面，这里可以望见醋坊 K 姑娘家高大的酱油库的窗户。横穿过这块地方走到荒町大街，可以看到许多商店，出售草席、鲣鱼松、茶叶和杂货。当街有座大铁匠铺。高大而幽暗的房屋内，结着古式发髻的老爷子，抡着铁锤，发出叮叮当当的声音。

这位性格古朴而耿介的老爷子是我们学校体操教师的父亲。

在一个晨风清爽、阳光炎热的日子，我带着两个学生，从这家铁匠铺旁边穿出后门，和体操教师一起，直奔浅间山中麓而去。

论起山家，我们将要去的那个地方才算真正的山里呢。那里有居住在深山老林的人们。

我们沿着丘陵的道路走着，这条山路连接着长满粟、红豆和喂马的稗草的田地。随处可以看到白花红茎的荞麦田。正值秋熟季节。体操教师是一位谙熟庄稼活的人,他指点各处闪光的田野,不住地告诉我,那垂着紫红枝叶的是"渡粟",这里垂着细长青黑豆荚的是"伉俪豆",感谢他教给我许多知识。这位体操教师是个聪明人,他只要看一眼这些稻田,就能区别出种类来。

看到一座石像,背倚着长有五六棵松树的山冈,那是男女道祖神[1]的所在地。

来到了寺洼这个地方。这是个极为偏僻的山村,五六户农家分散于各地。我还没有给你讲过黑斑山吧。这座山也同浅间山毗连,我们现在正从小诸古城天主台那片石垣的松林里,来到这黑斑一般,长有许多大片山林的斜坡上。从那座天主台远远可以望见黑斑山脚下点点的白墙。那就是这座山村里的白墙。

有个农民背着盐袋弓着腰走路。体操教师喊道:

"要腌菜了吗?"

"现在腌可以多得二成菜哪。"

同恶劣气候进行斗争的人们,现在就考虑贮藏蔬菜了。

---

1 原文作"嗳道祖神",为道祖神之一,男女二像有的脸孔接近,亲切私语,有的握手,也有的相互叠足。据说男女相亲可以产生出驱魔的威力来。

前天晚上降了凉雨,昨天又是好太阳,或许可以采蘑菇了。我和学生一起跟着这位体操教师进入了松林。这座松林归体操教师所有。枯枝败叶的地面上,只能采到几根"黄占地"和"牛额"。随后,分开细竹的叶子进入一片名叫"部分木"的林子里。

我们已经来到相当幽深的松林里了。碰到一家青年男女在干活儿,他们砍下青青的松枝然后捆在一起。女的是个二十上下的年轻媳妇,顶着脏污的手巾,半光着膀子,掖起了衣裾,系着围裙,穿着草鞋。她一头散乱的红头发,一张被太阳晒黑的粗野的脸孔,叫人一下子分不出是男是女。看上去简直就像米勒农民画中的人物一样。

有三四个像是这位女人的弟弟的男孩子,个个都有一副又黑又脏的脸孔,头发就像乱蓬一般。他们都用爽朗而天真的歌喉唱着童谣。

一位母亲打扮的人从树林深处走过来。他们一同停下手中的工作,向我们这边好奇地瞧着。

我们顺着这一家人劳动的山丘继续向上爬,不久来到平缓的松林中了。一个汉子背着割下的青草沿着林间小道走回家去。日光下泻,照在湿漉漉的草上。深林里的空气十分洁净,映衬得这个割草的汉子仿佛水中的游鱼一般。

一辆满载柴草的车子嘎啦嘎啦地走了过去,这声音传遍了寂静的树林。

　　我们分开熊竹和杂木寻找蘑菇,当天采得很少。用镰刀扒开枯叶,偶尔可以看到红蕈,这是不能吃的,也有腐烂的初蕈。最后走累了,再也没有人坚持下去了,于是拎起轻轻的筐篮,走到开着南瓜花的田地里,发现了护山人的小屋。

护山人

护山人的小屋所在的地方叫尾石,就在黑斑山脚下。

马厩上贴着三峰神社防盗的木牌,我站在晾晒着割下的胡枝子的堂屋前边,看着日光照耀的土墙的颜色,这时我感到自己远离人间了。

目光敏锐的红毛犬飞奔出来,不住对着我们狂吠。看来这是护山人喂养的狗,它倒是能看家护院。

当主人走出来迎接我们的时候,红毛狗也变得温驯了,肯让人抚摸它的脑袋了。主人蓄着胡子,担当守护山林的任务。夫人正用布带兜起袖管干活儿,她把山里生长的南瓜一个个切开来。

四个孩子也来到院子里了。最大的十四五岁,是个头发黝黑的小姑娘,她扎着窄腰带,穿着草鞋。年小的孩子望着我们,带着一副羞涩的表情。旁边有一只长着鲜红冠子的白公鸡，正同三只灰母鸡玩耍，不久，这群鸡就跑进后面的森林去了。

小屋分成两部分，一半铺着榻榻米，虽说是客厅，但实际上说这是一般的寝室也许更恰当。全家人吃饭、饮茶、迎客都在地炉旁边。这里的地板铺着草席，农具和餐具都一应摆在这里。煤烟熏黑的墙壁上没有一点装饰，只挂着一张印有彩色石版画和木版画花纹的日历。就连这等粗糙的版画也能叫住在山里的人赏心悦目，怪不得年末大拍卖时，附近到城里买东西的人，都希望买上这么一张版画。

我们穿着草鞋在地炉边歇脚儿。夫人端出咸蒜头和茶水招待我们。在小屋内喝上一杯茶润润我们干渴的喉咙，实在太好了。主人说，冬天地炉里从未断火。来到这里，气候大不一样了。

同行的学生到小屋后头转了转。主人告诉他许多事情，例如，这里种植柿子不上涩，结的梅子味道苦，只有桃子能适应这里的土质。

不久到了吃午饭的时候了。

我们把在小屋内择干净的蘑菇，拿到院内栗子树下烧好。主人拿来三张草席铺在树荫里。于是，午饭开始了。夫人又端来鸡、茄子露和煮南瓜招待我们吃喝。每样菜都装了满满一锅，我们每人盛了一碗。学生取出饭团和面包。体操教师也没有忘记拿出自己准备的好酒来。

山里曾引种过苹果，因为地梨虫总爬来吮吸花蜜，就结不出果实来。这是吃饭时夫人告诉我们的。红毛犬围着我们打着转儿，学生把鸡骨头扔给它享用。

饭后，我们在主人陪同下到黑色的田野里看了看。据主人说，松林的对面有一万二千平方米的桑园，农地的面积则是桑园的三倍，有三万六千多平方米。到了他自己这辈儿，家里人手少了，照顾不过来，有的田地只好任其荒芜。

我们的来访似乎使主人感到特别高兴。主人天南海北地聊着，看他的兴致似乎和那满脸胡须有些不大相称。荞麦收了十包，试种的银杏、杉树和竹子大半枯萎了。播种了十三包栗子，遭了十四次山火，剩下的好容易长到三四丈了，结的果子很多。但这树被火烧得没剩几棵了。

又看了落叶苗圃。树苗像草一般柔细，在日光照射下闪着美丽的光辉。周围有许多地梨。黄熟的果实虽然埋藏在草丛中，但立刻就映入我们的眼里。当然，对于我们来说，那果实并不稀罕。

主人还谈起山火的可怖，谈起有的人被山火追逐着烧死了。他还告诉我们，离这里八里远的地方，有一座烧炭小屋，现在正采用栎树烧炭。

尾石，这个护山人居住的地方，或许是叫作高峰地区的一部分吧。从尾石到菱野温泉仅仅一千多米远，每天有许多浴客打这里经过。一听说菱野，我就想起从前到家里来看护孩子的姑娘。那位乡间姑娘的家就住在菱野。

体操教师对这一带谙熟，他领我们看了一些有趣的地方。这样的深山，是我们很少到过的。只有一次，我和历史教员一起到过比这里更高的地方，在那里的小屋住过一宿。

那地方刚刚开垦出来，树林也没有这里幽深。

告别尾石之前，我们再次巡视一遍护山人小屋周围的景象。站在白桦交混的树林里，可以望见通向小屋的羊肠小路、高丘上的树木以及小屋的屋顶。

白桦的树干不管在哪座树林里都很显眼。在那紧紧包裹着山樱的树叶丛中，已经混杂着美丽的黄叶了。

秋季的见习旅行

十月初,我和植物教员一起带领学生到千曲川上游去。在这秋高气爽的好天气里,我们进行着愉快的旅行。在这次见习旅行中,我们将由八岳山麓下甲州,出甲府,经诹访,在那里同等待我们的理学士、水彩画家B君,以及其他同僚一起,从和田回到小诸来。

整个行程将花费一周的时间。我们将沿蓼科、八岳等绵延的山脉环绕一个大圈子。

其中,千曲川上游到野边山原一带,我曾去游玩过一趟。当时是同附近的裁缝铺老板一道去的。这次旅行刷新了我以前的记忆。我想把这些都告诉你。

甲州公路

从小诸到岩村田町，甲州公路一直向南伸延，横贯过平坦而广阔的山谷。南佐久地区浮泛着嫩黄的秋景，在我们眼前展开。千曲川从这条分布着许多耕地的溪谷里流过。

千曲川在同犀川交汇之前，河面上几乎望不见一片船影，只是一股脑儿流着。仅凭这一点，你就能想象出那条河的性质及光景吧。

我只向你说过从佐久、小县山的高坡上俯瞰谷底千曲川的情景。如今，这条河流过我们徒步经过的地方，就和上回情趣各异了。穿出臼田、野泽等城镇，我们来到紧靠河水的地方了。

我们沿河岸溯流而上，走到马流这个地方，河流的气势为之一变。这一带盘踞着许多从上游冲下来的大石头。千曲川从这些可怕的巨石之间流过，与其说是大河，毋宁说近似大溪流。在面临溪流、供人休息的茶馆里，有一家叫甲州屋。到了这里，使人不由感到越来越接近甲州了。看到来来往往的商人，听说他们是翻过山岭进入这里的。

来到马流附近，学生T加入了我们的队伍。T家里是神官，住在距公路不远的幽邃的松原湖畔。T等待我们多时了。

我们途经的河岸上，长满浓密的白杨、芦、枫、漆、枹等，河两岸有南牧、北牧、相木等村落。到处可以看到临水的地方建有小小的磨坊。八岳山紧连着赤红的大崩陷的痕迹，金峰、国师、甲武信、三国等山脉，高高耸立着峰顶。远远近近还有许多不知名的山峦，重重叠叠，映入我们的视野。

太阳倾斜了。我们渐渐感到已进入深谷之中了。我和T君两个不时停下脚步，目送着河水由上游向下游流淌。从这个角度望过去，夕阳反射在一座座峰峦之上，深秋的空气里，远远升起了烧炭的烟霭。

这条溪谷的尽头有个海口村。耳畔仿佛传来河水的声音。日暮之后，我们进入这座村庄。

山村一夜

在山国的记事里,我曾写过这样的事:

中法战争后,我国陆军省[1]购买了一些法国军队用过的军马,越过大海运来。其中十三匹作为种马转到信州。就在这时,气象雄健的阿尔及利亚马匹进入了南佐久腹地。今天口口声声骂作杂种的就是这种阿尔及利亚种。其后,美国产的有名的浅间号良种马也进来了。接着实行马匹改良,野边山原的马市逐年兴隆起来。这风声传到了某官殿下的耳朵眼里了。殿下本是陆军骑兵大佐,是个尽人皆知的爱马之人。他把自己宠爱的阿拉伯产的弗拉利斯种马借给了南佐久,

---

[1] 国家陆军部。

并没有引起人们足够的重视。结果当年就用弗拉利斯马繁殖了三十四头。殿下听到了该有多高兴!

最后,他终于行幸野边山原。

上次,我受裁缝铺老板之邀,在八岳山麓的村庄里住过一夜,当时正值殿下行幸之时。

静谧的山村之夜。躲避河水泛滥、移住到这座高原之麓的户户人家,为了预防风雪之害,就像木曾路等地常见的一样,屋顶上压着石头,山冈上下,灯火熠熠。站在乡间风味的旅馆的楼上,透过薄明的星光和夜气,我又一次看到了旧游之地。

这里是产马地,没有不喂上一两匹马的人家。马是当地人的重要财产。这里的居民豪放、质朴,一个大姑娘家单人匹马可以悠然地走夜路。

废水池的上方设着洗澡桶,这证明着当地人生活的艰难,证明着这里的一切都必须从简。但尽管如此,我每当看到这些依然感到惊异。从这里再向千曲川上游去,河岸上有个叫八村的村落。这一带是信州最偏远、最贫困的荒村,只有病人才能吃到白米饭。

听到我们到达的消息,裁缝铺的一个亲戚打着灯笼到旅馆来探访。有个家在这里的姑娘,到了小诸,在我们校长家里做了很长时间的用人。

　　这姑娘现在也领了养子,有了孩子。看到这座山村,使我不由联想起那些做女佣的姑娘们的一生。

　　你没有吃过"烧饼"吧?或许连名字也没有听说过。这是在热灰中烧的荞麦饼。穿着草鞋,烤着柴火,边吃烧饼边聊天,这是这个地区炉旁的一大乐事。

高原上

翌日，我们来到野边山原。我的心中浮现着各种记忆。三十四匹弗拉利斯马驹，二百四十头母马，连公马加上一起共有三百多匹马。这些马，排着队从这片高原的道路上通过。马市周围临时搭起的房屋，紫色或白色的帷幕，散居各处的商人，四千多人的集市……这一切都浮现在我的心间。那时，我和裁缝一起，在秋阳照耀的高原上巡视，如今，我的眼前依然闪现着那位从长野随着知事来这里的高个子参事官。他是个绅士，摆动着白嫩的手臂，脚步声也很柔和。然而，他的动作却十分敏捷。当时，我正在阅读托尔斯泰的《安娜·卡列尼娜》，凭着自己的想象，我觉得那位参事官很像书中的渥伦斯基。

比起那时候的混杂情景来，现在的高原冷清多了。已经到了下霜时节，杂草的叶子发黄，有的变成焦褐色。稀稀落落的白杨树干映着朝阳的金辉。我们眺望着周围的景色，脚踏着枯草向板桥村走去。这高原方圆十公里，荒凉的原野上，有些地方种着荞麦。耕种着这块土地的人们，在各处建立起小小的村落，其中，板桥村是来往最便利的村。

从前，我在小说中对这一带曾做过这样的描述：

　　高原正在消散的雾气，看起来多么美啊！仅仅露出些山脚的八岳渐渐可以看到险峻的山脊了，最后，出现了红光辉映的峰顶。日影从一座山峦移向另一座山峦。横跨于甲州的山脉不知变换了多少次颜色。一会儿紫黄，一会儿灰黄。阳光骤然照射着路面，一对夫妇在行走。抬头一看，天上飘着棉絮状的云彩，不知何时已变成了青空。啊，多美的早晨！

　　男山、金峰山、甲武信岳，山山岭岭毫无保留地出现了。远处，千曲川的源头流过这里，隐隐约约可以看到河上的村落。千曲川沐浴着朝阳，闪着银白的光亮。

文中的夫妇是我小说中的人物。有个时期我喜欢这样的文体。

短袖窄裤，穿着草鞋，两颊兜着毛巾的农民，成群结队打这夫妇身旁穿过。有的肩上扛着铁锹，有的担着粪桶，扭动着腰肢。有的孩子腰中掖着大人的烟包子跟在后头。面对着多变的气候和布满杂草的荒瘠的土地，秋季里辛勤劳作的一天现在开始了。

有的农民早已在干活儿。来到黑油油的"火山灰"田地旁，一个粗壮的汉子汗流满面，他正全神贯注地挖土。他用力踩进一把大铁锹，使劲压在上头，身子几乎倒下了，这才能翻起一大块土来。醉人的黑土香气扑鼻而来……离开板桥村，碰到一群游人。

如今，高原上一派秋色。放眼望去，林木耸立。所有的树枝都向南伸长，可以想象得到冬季的北风有多强烈。白桦多落叶，高高兀立于空中。细叶杨低低盘曲着，若隐若现。秋光明丽，秋风骚然而过，草木腾起黄色的波浪，左右纷披。柏树的叶子在风里翻卷着。

随处可见的巨石，映着秋天的阳光，令人顿生寂寥之感。

这里，"牛尾草"耷拉着叶子，弘法菜开着花儿。

这里，"燕子花"的果实炸落地下。

这里还是野鸟的栖居地，云雀在竹叶荫里筑巢，鸟儿衰老，叫起来不如开春时节有力了。鹌鹑为脚步声所惊动，不时从草丛中腾飞起来，张开那不甚美观的短翅，刚要升空，却又一下子掉进草莽之中不见了。

其余的树木都变得黄中带枯了，也有的还残留着绿荫，这就告诉旅人那里有流水。那些地方杂木丛生，树枝垂在泉水上，树根则深深浸在泉水里。

眼下，村里的农民忙于秋日的劳作，高原上牧马的人很少。只有住在八岳山脉南麓的山梨县的农民，缺乏冬季的饲草，才牵着马远远来到这里采割牧草……

这些都是从古代旧道上看到的景象。具有深趣的也是这条旧道。

以前，我沿着新道折返，途中经过高原中部，当时曾遇到男女农民牵着马回山梨去，马背驮着饲草。他们一边走，一边啃着干粮。一打听，往返要走一百多里路，途中还要打草。一大早摸黑出了山梨，连坐下来吃干粮的空当都没有，拉着马边走边吃。可以想见，他们的生活有多么紧张。

我把这事告诉同行的T君，我们取旧道而行。自打离开三轩家村之后，再也看不到一户人家了。

这座高原适合做牧场，是因为牧草很多。现在看到的马匹少了，但丘陵起伏之间，还隐约可见远处游荡的马群。

白桦的老叶已经落了，枯叶衰草随风摇摆。特别是听到檞树叶子的声响，就会使人想起这是在风寒日灼的高原上旅行。

"马粪鹰"在八岳上空飞翔。一路上，我们要频繁地穿过褐色的枹树林，这常会给人一种错觉，背后仿佛远远地升起了灰色的云。高原上的羊肠小道旁，开放着紫色的花朵。问T君，他说那是松虫草。据说这一带是古战场，往昔，海口的城主和甲州的武士作战，就战死在这个地方。

接近甲州境时，我们发现了一人多高的木梨，叶子落光了，残留着小小的红果。踏着草采下果子一尝，还很涩。不过这些小红果，经霜打过，入口即化。不久，我们就来到可以望见八岳侧面的地方，那峰峦正对着甲州方向。我们的脚下是树木稀少的大斜坡和深邃的山谷。

"富士！"

学生们相互惊叫起来，从那里沿着险峻的高坡奔甲州而去。

落叶

一

每年十月二十日,可以看到初霜。在城里,只有冬天来到杂木丛生或布满平坦耕地的武藏野[1]的时候,才能看到薄薄的、令人喜悦的微霜。你对这些是司空见惯了的,可我很想让你瞧一瞧这高山的霜景呢。这儿的桑园,要是来上三四场霜,那就看吧,桑叶会骤然缩成卷儿,像烧焦了似的,田里的土块也会迅速松散开来……看了这种景象,着实有点怕人哩。显示着冬天浩大威力的,正是这霜啊!到时候,你会感到雪反而是柔美的,那厚厚的积雪给人的是一种平和的感觉。

十月末的一个早晨,我走出自家的后门,望着被深秋的雨水染红的柿子树叶,欣欣然飘向地面。柿树的叶片,肉质肥厚,即使经秋霜打过,也不凋残,不卷曲。当朝暾初升、霜花渐融的时候,叶片耐不住重量,才变脆脱落下来。我伫

---

[1] 东京西部的绿色平原。

立良久，茫然眺望着眼前的景色。心想，这天早晨定是下了一场罕见的严霜吧。

二

进入十一月，寒气骤然加剧。天长节[1]清晨，起来一看，上下一白，桑园、菜地、家家户户的屋顶都布满了霜，望不到边际。后门口的柿子树叶，一下子落光了，连路都被落叶埋了起来。没有一丝风，那叶子是一片、两片，静静地飘落下来的。屋顶上鸟雀欢叫，听起来比平常嘹亮、悦耳。

这是个阴霾的天气，空中弥漫着灰蒙蒙的雨雾。我真想到厨房里暖一暖冻僵的双手。穿着布袜子的脚趾也感到冷冰冰的。看样子，可怕的冬天就要临近了。住在这座山上的人们，从十一月到明年三月，几乎要度过五个月漫长的冬季，他们要为过冬做准备。

三

寒冷的北风刮了起来。

这是十一月中旬，一天早晨，我被奔腾的潮水般的响声

---
[1] 天皇诞生日。

惊醒，原来是风在高空呼啸。时而渐渐趋于平息，时而又狂吹起来，震得门窗咯咯作响。朝南的窗户尤甚，树叶纷纷敲打着窗纸，噼噼啪啪响个不停。千曲川河水，听起来更觉得近在咫尺了。

打开窗户，树叶就飞到屋内来。天气晴朗，白云悠悠。屋后小溪岸边的杨柳，在猛烈的北风中披头散发地挺立着。干枯的桑园里，经霜染黄的残叶，满天飘飞。

这天，我到学校去，来回都经过车站前的道路，遇见了不少行人。男的戴着丝绵帽，或用绒布裹着头；女人家则扎着毛巾，将两手缩在衣袖里。人们你来我往，流着鼻水，红着眼圈，有的还淌着眼泪。大家面色苍白，唯有两颊、耳朵和鼻尖红通通的，屈身俯首，瑟瑟缩缩地赶路。顺风的人，疾步如飞；逆风的人，一步一息，仿佛负着重载一般。

土地、岩石、人的肤色，在我的眼里变得一片灰暗，就连阳光也成灰黄的了。寒风在山野间奔突、呼号，暴烈而又雄壮！所有的树木都被吹得枝叶纷披，根干动摇。那柳树、竹林，更是如野草一般随风俯仰。残留在树梢的柿子被刮掉了。梅、李、樱、榉、银杏等，一日之间，霜叶尽脱，满地的落叶顺着风势飞舞。群山的景色顿时变得苍凉而明净了。

炉边话

我对你讲了山上的冬天是多么可怕。然而,我还必须告诉你,这漫长而寒冷的冬季,是信浓地区最有趣、最快乐的时期。

首先谈谈自己的身体状况吧。对了,刚刚来到山国的时候,我由于不服水土,经常感冒,十分苦恼。我想,今后的日子就这般度过吗?实际上,人的器官在一定程度上能够适应生活环境。后来我的身体慢慢发生了变化,逐渐适应了这里的环境。我越来越能够抵抗恶劣气候的刺激了。比起在东京来,我的皮肤变得特别结实了,我的肺脏也能呼吸山间寒冷的空气了。不仅如此,在早春枯叶未凋的时候,我还爱听栎树林里寒风呼啸的声音。我爱看披满银霜的葱地。当我在屋外巡游,我就感到一种刺激般的快感,这种快感是那些不住在这里的人无法知晓的。

　　生长在这儿的草木，也和温润气候中的草木有着明显的不同。这里，常绿树的绿色显得更加浓黑了，这景象宣示了自然界的消息。试想，如果用你那眺望过武藏野绿色的眼睛，再来看看这片沙石地上繁茂的赤松林，你一定会惊诧其色彩相差之大。

　　一天早晨，我顶着大雾向学校走去。百米之外看不见什么东西。沿着道路走去，我遇到了野外劳作的农民，值班房旁边悄然而立的铁路工人，还有推着货车、被雾打湿了的"中央牛马运输公司"的员工们。而且，就像我本人体会到的一样，在这寒冷的早晨，这些人的手都冻得红肿了，却丝毫不在乎这样的气候。

　　"怎么样，再多加上一件吧。"

　　大家说罢，就在原地转悠，仿佛这样能增加点温暖。

　　不久，我和学校里的人会合了。朝雾渐次晴了，周围变得明亮了。浅间山麓也稍稍显露出来，快速飞行的云朵映入眼帘。时而可以窥见湛蓝的青空。渐渐地，西方晴了，太阳豁然地映照着。浅间山清晰可见了，不过已是冬日的景象。那山头早已盖满白发般的积雪。

　　就这样，冬天到来了。对于在恶劣气候里劳动的人们来说，这是一年中最快乐的休息的时节。在信州的名品——地炉上面，摆上茶盘、咸菜碟子、烟缸，再加上一些酒杯，人们围坐在四周，开始拉起家常来。

小阳春

　　气候反反复复。在温暖的平原地带是不大能感觉出来的，住在这里却十分明显。寒冷的日子刚过，就又忽然暖和起来，过后又有几天冷得厉害。即便在这山上，也不会一下子沉潜到严冬的底层。由秋到冬的和暖天气，是这个地方最叫人难忘的最舒适的时节，俗称"小阳春"。这词儿代表着人们的快乐心情。我想使时令回到十一月上旬，让你想象一下在这样的小阳春时节农民到野外劳作的情景。

小阳春下的山冈

在一个风少无云的温暖的日子里，我走出家门。明晃晃的阳光，令人目眩。日光下无法静静地眺望风景，于是走到树荫里，依然很冷。绿荫里冷，又怀念阳光，这寒暖相混的时节，就是快乐的小阳春天气哩。

就在这个时候，一天下午，我来到小诸后街赤坂的田圃里。这里连接着弯弯的山冈，田圃和田圃之间以石垣为界。我把身子倚在布满枯草的土堤上，出神地眺望着。

手脚勤快的农民已经收割完毕了。附近的田地里，堆着高高的稻子，就像土堤一般，旁边摊着脱了穗的稻草秆。两个结着圆圆发髻的女人和一个农民站在地里劳动。那男的看来是雇佣来的，戴着便帽，穿着窄袖布衫，一副佃农打扮。他总是讨着女人们的欢心，不停地编织着米包。除了这户人家，这一带田野里再也看不到其他干活儿的人了。

一个头戴旧圆帽、手里拎着一株黄菊花的汉子，从那里的田埂上走过去。

"来，抽支烟吧。"

听到一声留客的呼唤，圆帽和便帽走到一块儿，倚着石垣抽起烟来。两个女人一边干活，一边聊天。我听到了女人的谈话声：

"阿金，你的眼睛怎么样？"

"没关系的。"

"哦，虽说是这样……"

想起众多在野外劳动的人们的生活情景，我不由侧耳倾听起来。回头一瞧，另外一条田埂上放着斗笠、木屐和饭盒等杂物。男人们吐出的烟雾在日光里浮泛着蓝色。

"再见，慢慢干吧。"

不一会儿，圆帽告别一声走了。

便帽抄起铁锹开始平地了。两个女人忙着筛米糠，捋稻穗。然而，这个雇佣来的男人似乎不大卖力气，干上不一会儿，就挂着铁锹呆呆站在那儿，向这边张望。

山冈边是光的海洋。黝黑的土地，不规则的石垣，干枯的桑枝，田埂上的青草，田里晒着新稻秆，还有远远可见的森林的树梢，无处不充满和暖的阳光。

我的眼里又映入两个勤奋劳作的汉子，一个在附近的田地里，用一个大铁锹在翻土；另一个身材高大、清瘦，是个年轻的农民。高高的石垣上，他们的上半身从焦褐色的枯草里显露出来，开始打稻了。远远望去，即便那汉子的身影隐没在枯草里，也能望见忽上忽下的棒子。而且那声音听起来似遥远的砧声。

这天直到下午三时，我都在赤坂后边的田埂上徘徊。

其间，我来到稻田旁边的柿子树和杂木林里，那里鸟雀聒噪。收获过的田地里，早已重新生长出二寸高的青青的麦苗。

我的身后响起木屐的声音。突然，木屐声戛然而止，一个孩子的声音对着前边的石垣呼喊起来。我定睛一看，隔着褐色的桑园，母子二人在忙着收割。那孩子告诉他们，茶水送来了。像信州人这般嗜茶是很少见的。那孩子跑回去以后，母子俩也许太爱惜时光了吧，母亲依然专心地捋稻穗，儿子一刻不停地在打稻。虽说隔得很远，但看得十分清楚。母亲顶着手巾，身子一伸一缩，儿子穿着布衫，背对着这边在干活儿。

经那孩子一声呼喊，我也觉得嗓子眼儿干了。

回家去喝上一壶滚烫的浓茶吧，我心中一边盘算着，一边顺原路返回了。倾斜的日光带着黄色，远远的景物也随之改观了。几十只麻雀飞集到山冈的对面，不久又一哄而散。

农民的生活

你一定注意到我对农民的生活是多么感兴趣吧。在我的话题里，几次谈到我有好多时间同农民闲谈，看他们劳作的情景。和农民在一起，我是那样不知餍足，我越发想了解他们。看上去，无边无际那般 Open[1]、质朴和简单。他们的生活有一半是暴露野外。然而，越是接近他们，越觉得他们是在过着隐蔽而复杂的生活。这些农民穿着相同的服装，扛着一样的农具，从事着同样的耕作。譬如，他们的生活是极为朴素的、灰色的。我不知这灰色包含着怎样的内容。我在放学的余暇，自己扛着铁锹，也种植一点蔬菜，但我依然未能进入他们的心中。

虽说这样，喜爱庄稼人的我，总是寻找机会接近他们，

---

1 英文"开放，坦率"之意。

并以此为快乐。

有一天，我来到佃农们的身旁，坐在被霜打枯的红茅草土堤上，把稻草包的盖子垫在身底下，两腿伸向田里。这几个佃农，一个是学校的工友阿辰，一个是阿辰的父亲，还有一个是阿辰的弟弟。阿辰父子正在挖土筑田埂，看见我来就歇歇停停，和我山南海北聊起来。雨、风、日光、鸟、虫、杂草、土壤、气候，这一切都不可缺少，但又是百姓的敌人，要同这些进行斗争。这一带百姓谈起了各种恼人的杂草。水泽泻、矮蒿、夜蔓、山牛蒡、蔓草、艾蒿、蛇莓、通草、天王草，真是记也记不清，芟除这些杂草相当费事。阿辰从田里取来一个土块给我看，里面藏着毛发一般青青的草根。据说这叫"飘飘草"。这些人能从中辨认出各种药草来。

"你要问咱百姓，这种稻叫什么稻，多数回答不上来，这些稻种类实在太多啦。"

阿辰的父亲聊个没完，他从母穗和子穗讲起，说浅间山是沙地，产不出好稻米来。他还给我讲述了飞来麦田的小鸟和把稻子吃光的害虫的故事。他讲到"种地难"，即便播种同一种小麦，农民必须考虑选择的地势是否合适。小诸多从东西来风，顺南北走向造田垄，这样庄稼日照好，又不必担心风吹麦穗磨掉麦粒。他们自己正在不断为这事动脑筋哩。

"不过，在上州[1]人看来，这种地方出产小麦，实在太出人意料啦。"

老人说着笑了。

"我家老子知道一些庄户人家的故事，你们俩好好聊吧。"

阿辰说罢，戴起旧草帽，又到地里去了。阿辰的弟弟把裤腿挽到膝盖之上，赤着脚，和哥哥一同翻土。兄弟俩不时拔下插在腰里的镰刀，把粘在锹上的泥土刮去，接着又弯下腰不停地干起来。

"浅间山又冒火啦！"

大家异口同声地说。

我嗅着被翻起的泥土的香气，一边听着微弱的虫鸣，一边打听这位老人的身世。他今年六十三岁了，还在不停地耕作。十四岁上，学会针灸和占卜，三十岁以后，拉了十年的人力车，他本人是小诸的第一代车夫。他还谈起和自己住在一起的那对夫妇的故事。他说，铁道夺走了他的饭碗之后，自己就穷困潦倒了。

"小小百姓只能干些没出息的活儿……"老农自我解嘲似的说道。

---

1 群马县旧称。

这时，一位白头发、高个子、体格健壮的老农，和另一位年龄相仿的伙伴，各人手里都拎着被泥土磨光的大铁锹，从我们身边招呼着走过去。一个壮汉挑着粪桶，健步如飞地顺着对面的田间小路走着。

收获

一天，我又打光岳寺旁穿过，到小诸东边的山冈上去看看。

这是午后四时光景，我站在山冈上，这里视野开阔，波涛般巨大的斜坡下边是小诸城的一部分。我的周围是连绵的已收割和未收割的田地，其间，有两户人家正在忙于收获。

没有降雪之前，人们就及早忙于耕作了。看来真是有些性急。我的眼前，头发灰白的父亲和十四五岁的孩子，正互相抡起长槌打稻。这声音咚咚地响着，腾起白色的尘埃。母亲顶着手巾，戴着护手，把稻穗捋在面前的簸箕里。旁边一个女子，脸孔被阳光晒黑了，她在弓着腰干活儿，把父子二人打过的稻谷装进筛子里。还有一个女人，身子系着红兜带、蓝布袜，将装满稻谷的簸箕顶在头上，对着风一点一点抖落着，每抖落一次，就飞起一股秕子和尘土混合成的黄烟。

天短,大家都默默地顶着灰土劳动。山冈对面,隔着稻田和桑园,一对夫妇戴着斗笠在干活儿,最显眼的是那位妻子,她高高举着簸箕,当风而立。风吹在身上,凉气侵入。我眼前那个汉子把搭在稻垛上的无袖工作服穿上了。母亲也拂去上衣外头的尘土,穿上了外衣。我的身子也不由有些寒颤颤的。我把衣服的下摆放下来,一边隔着衣服抚摩自己的膝盖,一边看着人们劳作。

一个用毛巾兜着面颊的汉子,扛着铁锹,沿冈边往家里走。女人拎着两把镰刀,背着吃奶的婴儿打我身旁经过,嘴里招呼道:"辛苦啦。"

眼前一对父子依然忙着打稻,咚咚地响个不停。

微微传来"唉哟,唉哟"的号子声。不一会儿,父亲拖出软软的米袋。女人伸腰向尘埃中眺望,稻谷在地里堆起小山。

此时暮色已经迫近。小诸城畔,对面的山间溪谷里,笼罩着白色的夕霭。有的农民沿对面山路走回家去。

我又耐着性子看了一会儿,那位农民父亲在装满稻谷的米袋上捆着绳子,背起来向家中走去。眼下,只剩下三个女人在干活儿。夜幕来到冈边,野外没有人劳动了,对面田间那对夫妇的身影也看不分明了。

光岳寺的暮钟响彻天空。浅间山次第暗了,被夕阳映成紫色的山峦，不知何时也变成铅灰色。暗紫色的天空只能望见银白的烟霭。蓦然间，田野一下子明亮了，这时又听到辽远的钟声。一个孩子背着油绿的青菜从我身边走回家去。有的人脚步飞快向冈下走去，从背影上看分不清是男是女。有些粗野的女人，上衣也未扎背带，看上去前胸敞开着，像野兽般奔跑着。

南边天空出现一颗闪耀着青光的星星。稍远处还有一颗。两颗星在晚间紫色的天空里闪闪烁烁。向西天一瞧，山端辉映着黄色，又忽儿变成焦褐色。田野上反照着落日最后的余晖。干活儿的三个女人面颊上的毛巾以及弯腰的姿势，都在这光影里闪现。连男孩子的鼻尖也照亮了。稻田早已是一片灰色，田野被灰暗包裹着，八幡森林中翁郁的榉树梢头也消隐在黑沉沉的焦褐中了。

城镇已经点起星星的灯火。这灯光一直亮到了冈边的山麓脚下。

那位农民父亲回来又扛起米袋走了。三个女人和孩子急匆匆干着活儿。

"天黑啦，看不见了吧？"母亲宽慰地对儿子说。

"找个扫帚来，扫帚……"

听到母亲一声吩咐，孩子在田野寻找着。

母亲把稻谷扫成一堆儿，又集中在草席上。

女人们的脸向这边一转,看不分明,她们面颊上的毛巾以及面孔都一律浸在黑暗里。

对面田野里的那对夫妇还在劳作,灰暗的稻田里能看到他们模糊的身影。

响起了寂寥的汽笛声,风骤然吹到我的身上。

"等一等,等一等。"

母亲又开口了。男孩子站在旁边,同姐姐模样的人一起打稻。走在对面山冈上的人影也黑糊糊的了。有的人道了声"累了吧",便急匆匆穿过去了。渐渐地,三个女人劳作的情景也看不清晰了,只有头上的毛巾还残留着些许的白色,挥动的木槌也看不见了。

"收稻秆啰!"

黑暗中传过来吆喝声。

当我离开冈边的时候,三个女人还在继续干着。我回头一瞧,只能看到她们的暗影在晃动。天全黑了。

巡礼之歌

背着吃奶的婴儿,到各处巡礼的女人,站到了我家门前。

寒冷的空中可以望见初冬时节的云朵。乍看起来,像冰块,我以为那是无数冰线的集合体。银白、寒冷、透明的尖端像针一般。这种云一出现,天气就日复一日地冷起来。

想起自己来到山上的情景,眼下又为乞丐的姿影所吸引。她们灰色的绑腿上穿着旧布袜子,带着旅途上的劳顿,摇着铃铛,用哀婉的声音唱着歌。我和家人一起听完女人的歌声,把五厘钱塞到她手里,问道:

"你是哪里人?"

"伊势[1]。"

---

[1] 三重县一带的旧称。

"好远哩。"

"我们都是这样流浪着呢。"

"从哪儿来的？"

"从越后跑到长野，到处转悠，今后要冷了，所以就到暖和地方来啦。"

我吩咐家人，给这女人一个柿子。女人把柿子用包袱裹好，向家人道声谢，瑟缩着身子走了。

比起夏季来，太阳稍微向南沉落了。每逢走出我家门前，望见初冬的落日，我就想到"浮云似故丘"这句古诗来。附近枯黄的树梢，看起来比远方的蓼科山峰还高。透过近处人家的屋顶空隙，太阳正向森林中沉落下去。

便餐馆

我外出时常常顺便到一家饭馆烤火。这饭馆位于鹿岛神社一侧，招牌上写着"便餐、休息、扬羽屋"。

我离开家一路走向这家餐馆，途中遇到的人大都面熟。靠近马场里街道，朝南的地方有一家门面阔绰的裁缝铺，老板和男女徒弟一起当窗坐着，一边欣赏石菖蒲和万年青的绿叶，一边赶做衣服。向前走，有一家夫妻点心铺，店头并排摆着蛋糕和羊羹。有个长着长头发的卖卜人，他时常从千曲川拎着投网归来。走出马场里，穿过只剩下称为"三道门"的古老门楼。街头有一家挂着蓝布短幔的染坊。从这里向右朝鹿岛神社走，就会遇到靠按摩度日的光头盲人。这里还有鸟店，驹鸟、琉璃鸟和其他小鸟在笼中婉转鸣叫，老板在鸟的鸣叫声中露出和蔼的面容。再向前便是扬羽屋。

扬羽屋是做豆腐的，那位能干的不修边幅的老板娘，经常挑着担子，一面用衣袖擦拭脸上的汗水，一边沿街叫卖。一早一晚，每听到响彻天空的叫声，我立即知道这就是豆腐坊的老板娘。我们家常向这女人买些油炸豆腐干和青菜豆腐。近来，孩子大了，可以代替母亲挑担溜街了，卖的品种也多起来，有豆腐丝、凉拌豆腐等。

扬羽屋也卖面条，是干面条煮成的。我常在这儿品尝面食。我知道，有一户农家每周有一次晚餐，定要吃上等的面食，荞麦面条不用说是名产，酒宴后吃上一顿荞麦面条，是正宗的美食。还有一种称作"小煮面"的手制面条，拌上青菜煮着吃，是家庭里的主食。到了扬羽屋，坐在架着大锅的炉边，烤着旺火，浓烟熏着眼睛，望着人们沾满泥土的双脚，纷纷围拢来，端走刚煮好的热面条。

"来块刚出锅的怎么样？"

老板娘说着，在大海碗里盛上热豆腐送过来。男主人腰间掖着手巾走来，自豪地告诉我，他家孩子在儿童摔跤比赛中拿了头奖。

这里是下层的工人、马车夫和附近的小百姓喝酒的地方。这昏暗的屋子，布满煤灰的墙壁，人们油污的面孔，在我并不以为苦。我一边听着拴在街道上的马的嘶鸣，一边在这里暖暖冻僵的身子。我倾听人们大声地谈笑。等到混熟了，店主人说要更换便餐馆的招牌，请我另外给他写一块。

松林深处

惠比须[1]节的第二天，我受历史科教师W君之邀，到山间旅行。W君是东京某学校的毕业生，年轻、气盛，书生气十足，和他一同在山野里跋涉，倒是个有趣的旅伴。

他家住在小诸城郊附近的与良町。家人说道：

"带上一升米，到那边好煮着吃，再带上一些柿子吧。"

我们把大米装进行囊，扛着毛毯，短衫窄裤，一副行旅打扮，挂着洋伞，提着牛肉出发了。

出发比约定时间晚一小时，离开八幡森林是午后四时半。趁着天还没黑，登上连接山冈的小道，直奔浅间方向。到达一座松林时，夕月闪着银光出现，我们感到暮色已经迫近了。

---
[1] 旧历十月二十日，商家祭惠比须神，祈求生意兴隆。

太阳隐没在西边的山峦对面,我们不时回头看看,急急地赶路。

寂静的松林中有一条羊肠小道。分开树枝向上攀登,浅间山出现在暗紫色里。走在松叶铺盖的土地上,听不到脚步声。穿越松林下泻的月光映入我们的眼睛。西边天上仅仅残留着一些黄色,听不到一声鸟鸣。

其间,我们走过一座松林,又进入另一座松林。这时,西天完全暗了。月光从茂密的树丛间照射下来。夕霭像烟雾一般弥漫在森林里。细长的枝干并排而立,在灰色的夕霭中也能看得清楚。远方很暗,树木黝黑,周围一片静悄悄的。

宵月半轮,清雅、疏淡。我们走的道路掩映在松荫里,十分幽暗。然而,一道黑线映在眼里,松叶杂陈的地方更可以区别开来。走到那时,已远离乡村,小诸方面也被树林遮住,看不分明了。我们时时伫立林中,倾听没有任何干扰的极其幽微的响声,出神地凝视着黑暗的深处。走在前头的W君,迎着黯淡的光芒走去,即使回一下头我也看不清他的脸。他越发走进森林深处了。万物都包裹在黑暗的夜色里,沉浸在雾霭中,在无力的月光下,看上去只有朦胧的影像。有时候,我们坐在草地上,卸下肩头上的物品,伸出腿休息一阵子。我已经感到非常疲劳了。因为腹部不适,没有吃一次饭。和W君一道休息的时候,我一下子倒在了地上,不久又用力撑着洋伞站起来。

越过几座松林，来到一个广阔的地方，我们两人的身影映在地面上了。月光一会儿明朗，一会儿昏暗。我们发现一个黑糊糊的大东西，那是七广石。

"已经走得很远啦，真疲劳，双脚不想向前跨啦。"

"我走过夜路，也没有感到这般费力气。"

"在这儿休息一会儿吧。"

"不要泄气，啊……"

我们这样交谈着，相互鼓励着前进。不小心，疲倦的脚趾碰到石头上，很疼，于是便咕咚一声倒在草上休息了。这里是浅间中麓的大斜坡地带，周围是广漠的荒原。穿越过的松林看上去像灰暗的云层。巨石的黑暗裹在夜色里，映入我们的眼睛。月光淡淡，映满山端。远天之上，三颗星星闪烁着蓝晶晶的光芒。灰色的夜云遥遥在望。

深山灯影

当看到灯火映红窗纸的时候,我们的喜悦真是无法形容。我们好容易到达清水的山间小屋了。

看样子,小屋的主人还在月光下拾掇着什么。我们走进小屋,洗了疲劳的双足,绑腿也没有解,就在炉边躺下了。W君身上缠绕着毛毯。他说:

"本家的婶母叫竹嫂明天下山去洗萝卜。K姑娘的彩礼送来了,想叫竹嫂去看一看,东西可漂亮啦。"

他所说的竹嫂就是主人的妻子。"本家的婶母"就是离开小诸时叫我们多带些米的那个女人。W君和这些人都很熟,说起话来一点不拘束。

我们把带来的礼物一一拿出来了:盛米的行囊,裹牛肉的报纸包,还有和服衬领。

"肉里放些葱吧。"主人走进小屋说。

"好的,放些葱为好。"W君也笑了。

"还有芋头呢,顺便放点芋头吧。"

主人走出屋外,拿些葱和芋头来。不一会儿,他一屁股坐到炉旁,用火叉挑开喷着浓烟的杂木,火燃旺了,他又折了一根栎树枝。火势渐猛,大伙的脸孔都被照得红通通的了。

主人还很年轻,前年四月搬来这里,五月里娶了老婆。火光映着他的脸,一双明亮有神的小眼睛,显示了正直和勤劳的性格。他说起话来张着大嘴,摇着头,笑起来连舌头都能看见。他笑得虽然有些粗野,却没有任何隐秘,也不令人反感。真是个有趣的青年,同别人很快就混熟了。女主人也很能干,红红的脸庞,厚厚的黑发,身子还保有姑娘家的风韵。她是个丰满的青年女子,真是一对天生的好夫妻。

屋内点着一盏昏暗的油灯,只照亮了炉边。靠近院子的角落里有一口锅灶,那里腾起了烟雾。传来煮饭的声音,女主人一边咔嚓咔嚓切葱,一边给我们讲起山里生活来。

"我小时候虽说一直在清苦的环境里长大,但来到这座山上好容易才习惯过来。这里真够冷清的啊。"

我们的来访使主人很高兴。他告诉我们今年新栽的葱获得了好收成。夫妻俩忙着为我们做晚饭。炉边本来架着煮马铃薯做马料的大锅,如今换成了小锅。妻子把芋头放进锅中,丈夫在上面加了盖子。我们想起了"只要好丈夫，哪怕吃糟糠"的民谚。这样的生活就在眼前呢。

小猫闻到肉香，把鼻子伸向报纸包旁边，被主人呵斥走了。不一会儿，它又绕过我们背后，毫无顾忌地爬上W君的膝头。"坏猫！"主人又骂了一句，小猫缩到炉边，怕冷似的望着火苗，眯缝着眼睛。

"我最讨厌猫了，本家硬要给我，就把它带来啦。"

主人笑着讲述了山中的生活，他说，黑色的野鼠经常到小屋里来捣乱。

"屋内有些烟，打开一点儿吧。"

W君站起来，眯着眼打开格子门，向屋外眺望了一阵子。

"啊，多好的月亮，明晃晃的。"

这位同僚说罢回到了座位。此时锅里泛起白泡，冒出了热气。

"啊，好啦。"

"请把肉放进去。"

"先放哪一个呢？等等，看一看芋头……"

主人用贝匙盛了一匙芋头，放在锅盖上，又分成几小块。芋头已煮得差不多，可以加肉了。他又解开报纸包，剥开竹箨儿。主人用筷子夹起鲜红的牛肉和一些白色的牛油放进锅里。

"这味道真香,这种礼物你每天给我送些来吧。"主人对W君说道。

女主人从碗橱里拿出饭盘和碗筷,很快把锅里的饭盛上来了。

"怎么样,很少围在炉边吃饭吧?"

经女主人一说,我们望着炉火吃起晚饭来。此时肚子实在饿了。

"哎,肉也煮好啦。"女主人一边伺候,一边热情地说道。

"竹嫂,请记下账吧,我要吃好多哩。"W君不客气地说,"好吃,这葱真香。哎呀,热,太热啦。"

"天冷吃肉最好啦。"主人也一同吃起来。

喝了三碗肉汤,我也吃了个痛快。我俩解开腰带,又把西服裤子松了松。

"来,再添一碗。到山上来的人,没有一个说这里的饭不好吃。"

女主人说罢,迅速把W君面前的饭碗拿去,W君连忙伸手去夺,没有夺到。女主人又满满盛上一碗硬劝他吃下去。

W君笑着认输了:"糟啦,这下子完啦。"

"哎,你被整倒啦?"主人也笑了。

"这一点儿,总可以吧。"

"不行，我已经吃太多了，再也吃不下啦。"W君长长叹息了一声，"唉，还吃吗？已经够饱的啦，哎，真好吃。"

我在欢快的笑声中吃完晚饭。

"你也吃饭吧。"

在丈夫的关照下，妻子开始用饭了。跳进厨房的小猫，贪馋地叫着。到底是山里，主人把包牛肉的报纸小心翼翼地打开来阅读。W君可能吃得太饱了，他裹着毛毯，仰面朝天地倒下了。

夫妇两个轮番讲起了烧炭和猎兔的故事。过一会儿，妻子收拾起饭盘，把大锅又架在炉子上，锅里装着马的饮料和麸皮。她说，有天夜里，丈夫不在家，山里刮了大风，新盖的房子吹倒了。那新房子是做后备用的，要是这间小屋倒了，就把马牵到那里去。谁知那间新房子先倒了，想想真吓人啊。丈夫很少出门，单单那天晚上住在了本家家里。

新盖的房屋就在这小屋附近。我们被领到那儿，住了一个晚上。这屋子刚刚修葺完备，入口处竖着纸门，代替木板门。月光从门缝里射进来。我们裹着毛毯，熄了灯，因为太疲倦，没有交谈什么就入睡了。

山上的早餐

翌日早晨三时，睡在同一座房子内的建筑工人一大早就起床了。昨天很晚还听到这些人在聊天。听到野鸡的鸣叫，我们也一早起了床。

我们来到一个地方，这里可以俯瞰重重叠叠的山峦。谷底尚未明亮起来。远方的八岳被灰色包裹着，山头横斜着红色的云层。渐渐地，山端发亮了，红的云变成淡黄的了。夜间一片漆黑的落叶松林也看得分明了。

我们跟主人一道在小屋周围的洋白菜地、葱园、菊花园等地方转了转。从上边晒着萝卜的箱子里钻出两只家鸭来，高兴地掀动着翅膀，捡拾着地上的碎屑，缩着脖子，摇摆着黄色的扁嘴，晃晃悠悠地走动着。

主人把我们领到马厩前，红马伸出脖子，打了几个响鼻。因为是冬季，这马的毛长得很长，身个儿高大，眼睛明亮，肌骨丰腴。主人在麸皮里搀上煮好的芋头和洋葱，拌上碎草秆，盛在大桶里，然后挂在马厩的钥匙把上。马儿撒娇般地露出想吃早饭的神情来。

"转一圈儿！"主人说罢，马儿好像听懂了他的话，于是就在屋里转了一圈儿。"再来一次！"主人又推了推马的头部。然后，这可怜的动物才得到允许把头插进桶内。马儿大口大口吃着。主人还说，这马一气能喝一斗五升水，我们听了大吃一惊。

山上的云朵渐渐变白了，谷底也明净起来。光线所及之处，一派灰色。

妻子来通知早饭已经准备好了。在这难得一来的地方，我们吃了早饭。主人在吃完饭的碗里盛上汤，然而再倒在汤碗里，一口气喝个精光。过一会儿。他又从橱箱内取出饭巾，自己把碗筷擦净，收好。

我们和主人再一次走出小屋，仰望和俯瞰朝阳辉映的山峦。主人掏出望远镜——指点着：那里可以看见涩之泽，前边的洼地是灵泉寺的沼泽地。八岳、蓼科山脉的山麓、御牧原，这一切都在视野之内。

断崖一层一层沉落向深谷的底部，其间可以数出桔梗、山边、横取、多计志、八重原等村落。远远可以望见白色的墙壁。千曲川也闪着银白的光亮。

一进入十二月，野鸡就从山上飞到田里，不时地从人的脚边蓦然而起。兔子也来吃雪中的麦苗。这些事情在我们听来十分新鲜。

雪国的圣诞节

圣诞节之夜和第二天,我是在长野度过的。我接到长野气象站一个技师的邀请,去会见这位陌生人。从小诸出发,透过车窗,我默数着,经过田中、上田、坂木等车站,来到长野。这次旅行的目的之一就是想看看这里的气象站。我实现了这个愿望。

雪国的圣诞节,雪国的气象站,我只要这么一说,就会引起你的某种想象吧。不过,我把这些介绍给你之前,想先向你说说这里的山野是如何被大雪所掩埋的。

每年十一月二十日前后可以看到初雪。一天早晨,我在小诸的家里一睁开眼,想不到下起大雪来了。盐一般的细雪降落着,聚积着,是这个地方的特点。也许周围的景物变得一片纯白的缘故吧,我的眼睛看上去似乎带着一些青色。早晨过往的行人,木屐齿沿着积雪在路上艰难地行走,这和暗夜中的行人没有什么不同。一群群用红毛毯裹头、脚穿草鞋的小学生，普通人家屋檐下悄然而立的鸡群，车站里满载货物的车上也堆积着雪……看到这些，就感到雪仍在不停地下着，下着。我看到怀古园的松枝上挂着积雪，不时崩落下来，扬起蒙蒙的白烟。我看到谷底的竹林尽皆倒伏在草上了。

驶往岩村田的马车从这雪中出发了。马车夫吹响了喇叭。披着薄草帘子的马背，湿漉漉的蓬乱的马鬃滴着雪水。马车的轮胎开始滑动，雪路上响着咋咕咋咕的声音。埋着白雪的道路中间，可以望见一条被来往行人踏出的红土路面，曲曲折折地绵延着。每家出来扫雪的人混杂在一起。只有在这地方才能看到如此光景。

薄薄的雾霭笼罩着雪后的城镇。有一天黄昏，我看到天晴了，走出门口，几粒冰冷的东西啪啦啪啦掉在领口上。又下雪了，我不由摸摸头发，看样子是雾，实际上却是细小的雪霰。经过两次打扫的路面，又积上一层薄薄的白色。入夜，时时听到屋外有吧哒吧哒抖落木屐上积雪的声响，想是有客来访了，结果却是过路的人。我为此甚感惊异。

雪停了，黑暗之中也可以辨认出道路来了。街上行人的提灯映着夜雪，光怪陆离，看上去美似图画。

瞧，我把此地落雪第一天的情景告诉你了。你想象一下这雪尚未全部消融之前的情形吧。尤其是寒冷的日阴里，庭院,北侧的屋顶,总是残留着一些雪,积了又积,冻结起来,直到开春。

然而,单是这一点,我还没有把居住在雪国的感受充分传达给你。大雪来临的第二天,屋顶已堆积一尺多厚的雪,檐头垂下来细长的冰凌柱,院中的苹果树也倒伏了。鸡鸣听来又远又细,仿佛一切都被倾轧着一般。下雪的第二天,北边的窗纸也定然明亮起来,透过灰色的天空,太阳照射下来,含着雪光,熠熠生辉,看上去令人目眩。檐下的滴水声从早到晚地响着,使人感到单调、无聊和寂寞。

来到小诸城后侧的田野里一看,浅浅萌出的绿麦全被白色掩埋了。冈峦起伏,仿佛飘荡起一道道雪浪。田地间低矮的石垣上,显露出大大小小的石头,那低垂着的发黄的草叶依然可见。远方的森林,干枯的树梢,错落的民宅,这一切看上去都浸上一层深深的柔和的铅灰色。这种铅灰色,如果稍带些紫色,我会说这是未来色彩的基调。这朦胧的色调将人的心带向那难以名状的缥缈迷离的世界。

第三天,我又去了鹤泽的山谷。太阳猛烈地照耀到我身上,四周反射着雪光,令人不堪忍受。我睁开眼睛也看不清东西。通过这眼花缭乱的地带,我越发感到灼人的日光反射带来的热力。那里的地势渐次向谷底沉落,形成了没有高低差别的田地和桑园。一段段沉落下去的地层侧面,覆盖着焦褐的枯草,有些地方裸露着红黑的泥土。高处的红土地上是枯萎的桑园，积聚着起伏的白雪，在日光下闪耀。越过这道巨大的波浪，可以看到蓼科山脉，日本阿尔卑斯的远山也遥遥在望。这一天，我听到了千曲川浩大的流水声。

就这样，融化的雪又聚积起来，显露出的泥土路面又被覆盖。进入十二月，连续都是阴沉的天空，日光照射下来，渐远，渐薄，周围成了半冻结的世界。高高的山峦裹在风雪之中，很少有几天露出全貌来。小诸车站上的水管里涌出的水，变成了粗大的冰柱。即使小诸不下雪的日子，看到从越后方面上行的火车顶篷一片白色，就想到那边下雪了。将近冬至的时候，既像雪花又像水珠一样的东西，如细丝悬浮于寒冷的空中。日落之后，这种萧条的景象更加触动我的心。这时节，檐下的冰凌越来越长，有的长及尺余，雪水经过草葺的屋顶流下黄浊的水滴，冻结起来，看上去如褐色的长剑。庭院里的雪积了又积，不久便高过回廊。雪堆里露出石楠花来，那叶子看上去也是寒颤颤地耷拉着，唯有顽强的花蕾硕大而又坚实，附着在枝头。如同土壤里冬眠的昆虫一般，每当寒气侵入的晚上，我的身体就缩成一团了……

我冒着这样的严寒和冰冷的气候，想象着同未识的人们相逢的快乐，在圣诞节这天晚间进入了长野。来到那位气象站技师家里，才发现主人原来是个青年。我们围着地炉谈气象学、谈文学，引经据典，心情十分愉快。我们还谈起了罗斯金[1]在《近代画家论》一书中关于云的研究。罗斯金先是把云分成三层，又把云分成九层，这标志着人们对云的形状的研究取得很大进展。主人正说到这里，一位女宾来访了。

听主人介绍，这位年轻的妇女是牧师的夫人，和主人是亲密的朋友。她笑起来很是快活。听说当天晚上要唱圣诞歌，还有夫人亲手做的东西。不久，庆祝圣诞祭的时刻来到了，我们结伴走出了技师的家门。

我被领到一座教堂式建筑物前边，这里正当斜坡的中途。我来这里，经过许多残留着积雪的灰暗的街道。我和技师不时驻足于冰冻的道路上，倾听后面腾起的女人们的笑声。那开朗而快活的笑声，震荡着寒冬的空气，令人更加想起雪国的圣诞之夜。后来我还听说，那位年轻的牧师夫人曾经跌了两跤。

红红的灯火从教堂的窗户泻出来。我和聚集在那里的众多的孩子一起，送走了乡间圣诞节的夜晚。

---

[1] John Ruskin(1819—1900)，英国美术社会评论家，著有《近代画家论》五卷。

长野气象站

第二天早晨,我在技师的陪伴下,登上长野气象站的山冈。

路上,技师对我说,他记得一部小说记述了榛名岳早晨火红的飞云。那飞云也许飞得低,才显出红色来的吧。技师到底是专家,他的论述非常精辟。

气象站的建筑虽小,但环境很好。听说这里只不过每天给东京气象台提供当天的气象报告。然而,这里的设备一应俱全,使第一次来这里的我感到十分新奇。这里的人每天不停制作云图和气温表,他们的生活也引起了我的兴趣。

不一会儿,我跟在技师后头,登上狭窄的楼梯,来到观测台,从那里可以看到早晨长野城的一部分街景。对面是连绵的山峦,山裾笼罩着冬日的雾霭,其间的空隙可以看到明丽透剔的背景。

在测风力的机器旁，技师告诉我，暴风雨前的云不像在广阔的海岸看到的那样，在信浓这地方很难领略它的全貌，其原因是山高，由于气压的作用，云被撕成了碎片。

"冬天多云，不过太单调了。还是夏日的云多变化。夏日的云比冬天的少。从云的妙趣上说，我以为从春到夏更有意味……"

技师一边说，一边眺望汇集在我们头顶上的几块云朵。他若有所悟地指着云朵问我：

"你看那块云像什么？"

为了慰藉旅途中的心情，我也想写一些关于云的日记，然而经这位博学的专家一提问，一时竟回答不出来。

铁道草

如今的铁道有中仙道和北国街道。这些道路对千曲川沿岸产生的巨大影响，是令人惊讶的。它甚至在继续改变农民们宁静的生活。

铁道将革命带到了自然界。举一个例子，这里有一种叫铁道草的杂草的种子，据说是在开设铁道时一起侵入来的。如今，山野，田园，这种生命力极强的杂草到处蔓延，无孔不入。它使土质荒芜了。它在继续征服着其余的草地。

屠牛

一

听说上田镇的街口有座屠牛场,只是一直没有机会去看一下。正巧有个从上田来卖牛肉的汉子,他说愿意领我去一趟。

这天是元旦,逢年过节去看屠牛,未免有点不是时候。可我的兴趣正浓,很难抑制。所以一大早就离开小诸的家,直奔上田。

小诸车站候车的旅客很少。站里的职员围在一处玩纸牌。车到田中,又上来一些旅客。这乡间小站比平素更加清闲。透过车窗,我看到女孩子在踢羽毛毽子。

初春,昏黄而寒冷的朝阳照射着车窗玻璃。窗外,干枯的树木一片萧索,田野里看不见一个人影,映入眼帘的是残留着白雪的寂静的山谷,石垣间的桑园,栎树褐色的枯叶。车厢内的旅客,屈指可数。角落里有个铁道员工正在打盹儿。

他戴着旧帽，身上裹着旧外套，铺着红毛毯，脸孔显得冷静而又寂寞。在这火车里度过一天的人们，也实在令人同情。（也许只有越后人才能耐得住这山间单调的车上生活。）

到达上田镇。比起小诸的坚实来，上田镇以敏捷闻名。这样的风格其实是其处的地势使然。小诸人在沙坡的斜面上筑起石垣，在上面苦苦营建自己的生活，他们不能不具有更多的素朴的气质。严寒的气候和荒瘠的土地，自然地造就着勤勉的人们。这块土地不像上州那样出产丰富的蔬菜。在小诸，人们咬着坚硬的腌萝卜，早晚喝着酱汤，每日辛劳不辍。小诸的阔少们，不管过节还是平素，都穿着十年前流行的花纹礼服，他们不以为耻，反以这样的粗服夸示于人。我以为，小诸的素朴的风格已经陷入一种形式主义之中了。我知道，有一个年轻的谋反者，他脱下从别处穿来的柔软的衣服，换上棉布服后才进入小诸。总之，表面看起来空虚，实际却很丰实；表面上冷漠，内心里亲切，这就是小诸可宝贵的品格。我想，这就是生活上形式主义产生的根由吧。来到上田一看，先不说城镇规模的大小，也不说实际的殷富程度，这里不像小诸那般阴沉、厚重。小诸的商人带着一副爱买不买的冷漠的表情，因此，好东西也只能卖个便宜价钱。在上田，有些事情就不能这般沉着冷静。上田的位置决定人们要不断关心周围的情景，以维持古老城镇的繁昌。看一看各个商店的装饰，为了吸引顾客的注目，将各种东西竞相布置出来，如盐、鱼松、棉麻织物等。此外，在上田的零售的商品中，由小诸提供的货物也不少。

我不由把山上的城市做了比较。这一天是屠牛开市大吉的日子。我访问了经营屠牛场的肉店。那位背着篮子来小诸卖肉的汉子在等着我。我也见了肉店老板。这个人沉默寡言，但言语稳重，对于牛的情况十分了解。

肉店的年轻伙计拉着空车嘎啦嘎啦碾过街头。我们跟在他们的后头，渡过细流，来到太郎山脚下。崭新的建筑物前，会集着四五只目光凶恶的狗。这里便是屠牛场。

进入黑漆大门，看到十多个屠夫。其中那个领头的年纪五十光景，谈吐十分老练，肥硕的面颊上带着几分爱娇，在向肉店老板拜年。检验室和会客室装饰着松树。牛场上拴着一头赤色的母牛和两头黑牛。

中央庭院内放着一只大板箱，里面装着一头猪。这所庭院，隔着低矮的黑漆板墙和屠牛场毗邻。

二

穿着黑色外套、戴着便帽的兽医进来了。人们互致新年的问候。那群屠夫都穿着白色工作服，光脚上套着一双薄草鞋，一副寒颤颤的样子。他们分头干起来了，有的人蹲在院角里在磨锋利的砍刀。肉店老板把挂在壁上的大钹取下来给我看。这好像是劈柴的工具，一头连接着五六寸的尖细的铁管，木柄上还残留着干牛血。听说这是宰杀用的。肉店老板用沉静的语调对我说，以前使用的是粗钉子形状的工具，这种管状的更结实，攻击起来十分有力量。

南方出产的黑公牛，不久被拉到院子中央了，鼻子里吐着白气，拴着的其他两头牛立即骚动起来。一个屠夫来到赤色母牛身旁，推着牛头，嘴里说着"呦，呦"，使劲加以控制。旁边的杂种公牛摇着头，绕着牛桩转了一圈儿，不住地想挣扎逃跑。看起来，它们是凭着本能试图做最后的抵抗。

被置于死地的公牛反而冷静下来，眼里闪着紫色的泪光。在围观的人群中，兽医在牛的周围巡视着，抓抓牛皮，按按咽喉，敲敲牛角，最后掀起尾巴看了看。

检查完了。屠夫们聚在一起，大声呵斥、叫骂，把一动不动的牛硬拉到屠场去。屠场里铺着地板，建造得像澡堂广阔的冲洗间。看到牛稍有疏忽，一个屠夫便将麻绳抛向前后腿之间，用力一拉，牛失去重心，巨大的体躯便横倒在地板上。然后用那只大钹上尖利的铁管，瞄准牛的前额，猛然一击。这一击几乎能把头盖骨砸碎。牛翻着白眼，挣扎着四肢，喘着白气，留下几丝幽微的呻吟，眼看要断气了。

趁着这头南方牛还残留几丝气息,屠夫们有的拽尾巴,有的拉麻绳,有的抡起砍刀向咽喉砍去。许多人登上倒地的牛身上,不论是褐色的肚子还是脊背,一个劲儿猛踢猛踩,紫红的血从砍开的咽喉里流出来。有的向敲碎的额骨之间深深插进一根棍棒不停搅动着。在一息尚存的时候,牛痛苦地挣扎着,呻吟着,摇动着四肢,等到血流完的当儿就完全气绝了。

我们的眼里映现着大黑牛倒下的姿势,前后脚分别捆绑在屠场的木桩上。一个屠夫纵着划开褐色的肚皮,眼看着又去剥腿。另一个屠夫抡起大钺,朝牛头打了两三下,又白又尖的牛角啪啦掉落在地板上。不一会儿,这头南方牛包裹着洁白脂肪的内脏从黑牛皮里显露出来了。那头赤色母牛又被牵到屠场上来了。

三

赤色母牛和黑色杂种公牛,在一瞬间都一头头倒地了。宽阔的屠场里横躺着三头牛。忽然,板墙外头传来猪的号叫。走出院子一看,那只肥胖、腿短的白猪,拼死地在院子里奔逃,发出可怜又可笑的叫喊。孩子们都来了,追的追,逃的逃。肉店老板早已扔出一根麻绳来,有几个人立即压在猪的身上,把猪腿绑起来。于是这猪也被拉到屠场上去了。

"牛还好，猪会闹。虽说没有危险，但吵闹得厉害。"

我跟着肉店老板又进入屠场。猪被五个人按着，搐动着鼻子，可怜地呻吟着。猪和牛不一样，没有使用大钺等工具。屠夫只挥得尖刀，刺向活猪的喉管。我看了，多少有些惊异。猪号叫得更凶了，猪和冷静的牛大不一样。猪的喉头流出殷红的血来，猪皮是白的，那血看起来越发显得殷红。三个屠夫照着猪身猛踩一阵子，猪眼看着断气了。

一个上了年纪的屠夫头儿，在屠场里边走边吩咐着什么，手中的尖刀被牛和猪的鲜血染得通红。最初宰杀的南方牛，已经被三个人剥光了毛皮。站在稍远的地方一瞧，刚扒下的毛皮还冒着白气。一个汉子用扫帚扫除木板上的牛血。有的人蹲在地上磨刀。寒冷的阳光从装饰着稻草绳的檐下射进来，照耀着粗大的房柱，照耀着倒在地上的死牛，以及穿着白色工作服的屠夫们的肩头。

这时候，一个屠夫的尖刀插进南方牛的肚子里，包裹着黄色腹膜的内脏剌剌溢出来了。屠夫中有的把牛蹄子从关节中剔出来，扔向门口，有的用尖刀伸入体内切割牛肉。牛油从牛体里淌出来，混和着牛血，流满了屠场。

四

我看到赤色母牛被"分割"的背景,用锯子锯开腰骨,骨与骨之间插入木棍,拴上后腿,倒挂在滑车上,三个屠夫拉着绳索。

"喂,快卷!"

"哎,还得割掉尾巴呀。"

屠夫头儿亲自动手割掉了牛尾。

有的人喊着:"好,快拉!"

有的人应着:"啊,好啦!"

母牛的身躯被高高倒挂在木柱之间,再从脊髓正中锯成两半,咋咕咋咕,仿佛是在锯冰块。

"怎么也锯不动啊!"

"是锯子不快,还是手没力气?"

头儿说罢,笑着看了看。

警察进来了。孩子们怯生生地望着屠场。狗也呆呆看着。警察逢人便说"新年好",然后奔生火的小屋走去。兽医在乱糟糟的屠场里转了一圈儿,说:"喂,过年啦,把自己打扮得更漂亮些!"

穿着白色旧工作服的屠夫看了看兽医。

"是!"

"穿着像酱油煮出来的一样,那怎么行?"

南方牛已被分割成四个大肉块,其中每一条牛腿都被吊挂在屠场里。屠夫头儿拿来铁皮箱子,在牛腿上吧哒吧哒盖上又圆又大的黑印。

真奇怪,被宰杀的牛体渐次变成了常见的"牛肉"了。刚才还号叫的猪也消失了踪影,全部变成红色的猪肉了。南方牛的头盖骨沾着殷红的牛血,被扔在屋角里。屠夫们用海绵洗刷血迹。分解下来的牛肉和牛骨,又像劈木柴一般,用大钺砍成了四块。屠夫头儿洗着血污的两手,掏出腰中的香烟,一边吸一边瞧着大伙干活儿。

"这些东西收拾到一边去。"

兽医吩咐屠夫,要他们把那大包袱一般的内脏处理掉。那边的木桩旁还堆着赤色母牛的尾巴、牛皮和两只小牛角等物。

肉店的小伙计嘎啦嘎啦将带有木箱的车子拉进庭院。箱里铺着席子,把牛骨扔了进去。

"十贯六百,八贯二百。"

屠场里头传来报告重量的声音。两个屠夫吊起大秤,正在称南部牛、杂种牛和赤色母牛的总重量。肉店老板拿出账本,一一用铅笔记下来。

屠场里弥漫着牛肉、牛油和牛血的气味。地板的角落里有人把腿插进水桶洗去牛血。母牛肉早被装入车子驶向了门外。

"三贯八百！"

这是最后报来的猪腿的重量。听肉店老板讲，牛身上几乎没有废物，头盖骨可以卖作肥料，内脏和牛角是屠夫的赚头儿。我一边听介绍，一边和老板走出屠场大门。干枯的桑园里传来了狗的嬉闹。与此同时，满载牛肉和猪肉的车子，发出了巨大的轰鸣。

沿着千曲川

我以前曾对你说过，浅间山脉和蓼科山脉之间，有一条宽大的深谷，那里的情景，你大概能想象得出吧。我曾经将你的心带到浅间山麓，向你讲述了从那里眺望到的千曲川。我也曾经将你的心一直带到它的上游，向你讲述了那里的山峦和村寨。只要一有空暇，我就去探寻千曲川沿岸各个地方，那是我的乐趣。我曾经从岩村田穿行到香坂，越过内山山顶下行到上州；又沿着千曲川的支流依田川，从和田山顶走到诹访；也曾经从灵泉寺的温泉经梅木山头再回到别所温泉。关于田泽温泉，也曾跟你提起过。这样，你就和我一同领略了千曲川上游主要地区的风光。现在，我再把你的心引向千曲川下游的越后附近去吧。

一月十三日，我乘火车从轻井泽越过冰雪高原渐渐下行到了小诸。你想象一下火车通过碓冰隧道（似乎应当说是山头上的隘口）时，那里巨大的冰柱群立的情景吧。你再想象一下那和寒带气候相同的轻井泽附近的落叶松林里，有一种俗称"NAGO"的冰花，附着在松枝上的情景吧。

火车离开小诸的时候，我看到月台上服务员呼出的气也变成了白色。隔窗远眺，水田、菜地、桑园，都被大雪覆盖着，暗蓝色的千曲川河水从谷底流过。有村落的地方，村民的屋顶也是白的，土墙灰暗。农民担着粪桶到麦田去，看起来也是寒颤颤的。火车通过田中站的时候，我眺望浅间、黑斑、乌帽子一带的山脉，天空一片灰蒙蒙的，只有连接着绵绵群山的部分，朦胧地显现出一点白色来。Unseen Whiteness[1]——用这句话形容那深邃的天空是再好不过的了。窗外远远近近是一望无垠的麦田，麦垄里堆满了雪。这积雪描画出一道道曲折起伏的银白的平行线，其中也可以看到一些干枯的杂木孤零零地伫立着。

这就是雪国阴郁的景色啊！火车驶过犀川，千曲川汇合了犀川的流水之后，更增添了大河的风采。那天，犀川附近宽广的稻田，岸上低矮的杨柳，白色土质的断崖，还有那种着许多柿树的村落，全都埋在雪里。那沉滞的远景不单是白色，还带着紫灰色。远处的山峦隐没在阴暗的天空里，只露

---

[1] 英文，意思是"眼睛看不见的白色。"

出模糊的姿影。在这一片雪景之中，能够冲破这单调的色彩的只有随处可见的幽暗的森林和低低飞舞的鸦群。前方，低垂着灰色的雪云。渐渐地，我觉得进入了微暗的雪国的底层。当离开一处车站的时候，又下起了雪。

这次旅行，不光我一个人。有两位从小诸来的伙伴，都是住在我家附近的姑娘，一个是I，一个是K。听说她俩刚从小诸小学毕业，为了到师范学校听课才赶往饭山的。她们年纪轻轻，隔着火车车窗，望着父母居住的故乡哭肿了眼睛。两个人只身外出到一个陌生的地方，可是下了大决心哩！她们到底还是个姑娘家，一会儿用胳膊肘儿互相捅捅，一会儿露出黄牙快活地笑着。有时又从背后搂着同伴的身子，借此消遣车中的寂寞。真是一对Naive[1]、可爱、令人见了不由发笑的伙伴。受她们的影响我也变得快活起来。

在丰野下了火车。这一带是连绵的耕地，附近有一片叫作小布施的栗树林。那天，西阿、白根一带的山峰也隐隐约约，看不清楚。踏着雪的道路走去，可以看见路旁的梨树和柿树的枯枝。我登上一个村子的斜坡，从那里可以俯瞰整个水内平原。有一年秋天，我曾站在这个斜坡上，丰饶的稻田，看上去像金黄的海洋。我还看到对面千曲川的河水闪着光亮向

---

1 英文，"天真素朴"的意思。

前流淌。我从远方眺望过美丽的榉树林，从那黄绿色头发般的树梢，直到那黑魆魆的树干，那一棵棵树木的完整的形象，使我难以忘怀。我们在雪地里一直走到蟹泽，到了那里才看见千曲川里的行船。

河船

下下停停的雪，不久变成了雪雨。我们倾听着那瑟瑟的声响，等待着开往饭山的便船。男人戴着丝绵帽，穿着草鞋；女人的脊背是染成蓝色的像龟甲一般的上衣，即便在家中也顶着手巾。这就是这一带令人注目的风俗。出了茶馆，站在河岸附近眺望，远处上高井的山脉，营平的高原、高社山以及其他山峦，隐约可见。对岸的芦荻干枯了，河心隆起的沙洲也埋在雪中了。暗淡的千曲川河水，油一般从深广无尽的白色世界中流出来。河水撞击着小诸附近的断崖，扬起白沫，继续向下流去。这同一条河，不知什么时候具有大河的气势。上游有许多高高的吊桥，来到这里还可以看到船桥。

这当儿，乘客集拢过来。我们沿着积雪的山崖来到码头。河船的顶篷很低，人们挤上了船，膝盖抵着膝盖。水中的橹声，船老大在顶篷上边走边聊天的谈话声，这一切都给人一种悠闲的感觉。从船窗眺望，似雪非雪、似雨非雨的东西洒落在水面上。光线在波浪的反射下变成了银白色。

就这样离开了蟹泽。在上今井这个地方，有两三位旅客站在岸上等船。船老大从水里蹚过去，把男女旅客驮了过来。船底离开沙滩，立即响起了橹声。这声音在千曲川宁静的河水里响着，听起来像是牛叫。这是船在吼啊！这行船的响声和我想象的事物十分吻合。这响声令我想起同行的 I 的姓名，也令我想起 K 的姓名。天真的姑娘们欣然地倾听着。两岸被白雪包裹，其中，随处可以望见村村寨寨的人家、杂木林和树林，也能望见河岸上穿着防雪服、踏雪前进的人影。以前我曾在河岸上走过，那时种植豆粟的田地熟了，豆荚和谷穗垂挂在路边。对了，对了，那时我俯视着河岸下一群低矮的杨柳，从秋日里闪烁的杂木林的霜叶荫里眺望过去，那里简直像羊群一般。如今，河船正从那群杨柳下面穿过。临水的枯枝，擦着船的顶篷，船从下面钻过去，发出啪啦啪啦的响声。

舱里相当暖和，同是雪国，和高原地带比起来，我感到了气候相差之大。雪依然是深的。在午后曝光的照射下，对岸山峦将紫灰色的影子映进了水中。我打开船舱的窗户，倾听着私语般的水波声，凝视着船舱边的流水。这河船漆成了白色，露出两根红红的船筋来。

船向一座船桥驶去。船打船桥下边顺利地钻了过去。

背靠黑岩山、联结着广阔的千曲川河原的城镇出现在我们眼前。雪中听到了鸡鸣，远处炊烟袅袅。这里就是古老的饭山城。

雪海

一个晚上四尺深,这是今后越后地区的雪景。来到饭山一看,城镇完全被雪掩埋了。或者说,这城镇是从雪堆里挖出来的也许更适当些。

我之所以强烈地感到它是挖出来的,其理由是,街道上高高地筑起了雪山。人们把从屋顶上扫除下来的大量的积雪堆了又堆,不觉之间高过人们家的屋脊。积雪在马路正中像白墙一般绵延不断。家家户户的房檐下搭起庇檐,方便办事的人从下面来来往往。不过这样一来,屋内的昏暗是可想而知的。用高高的苇帘围着房屋的,屋内就更加昏黑了。我把姑娘们留下,独自一人走到街上。雪簌簌而降,不觉之间到了掌灯的时候。我遥望天边,灰暗的天空带着红色,仿佛远方的火光映着阴霾的天空一般,那是落日的反照。

只有在这里才能看见雪烟。头顶上仿佛罩上了一层东西,令人心情阴郁。当地的人十分迷信，我想不是偶然的。这座城镇有二十几所寺院，在同一个信州境内，来到这里就好像到了上方[1]，语言上也和高原地方不同。

我在雪的城镇游逛。天黑之前，雪橇代替了货车，由马拉着在雪地上滑行，看起来十分稀罕。人们戴着香蒲叶编制的斗笠，架着墨镜，缠着香蒲绑腿，挂着鞋套。还有的用毛毯或披肩裹着身子。一律都是防雪的装束，从我身边通过。

又下起雪雨来了。站在千曲川河岸一看，那里就是河船抵达的地点，一座长长的船桥曲折通向对岸，积雪的桥面上，印着一条被人踏出的褐色的小路。有时遇到穿着雪鞋的汉子，来往的人很是稀少。高社、风原、中之泽，以及其他耸立于信越边境的山峦，只露出隐隐的山形。远处的村落也沉浸在雪雾之中。千曲河水寂静无声地流淌着。

我踏着雪，脚底下发出咯吱吱的声响。来到船桥一看，桥下的流水像箭一般急速奔流。从那里望河原，一片雪海，对，一片银白的海。这种白色不是普通的白色，而是寂寞无底的白色，看上去令人全身颤抖的白色。

1　京都、大阪一带。

爱的标记

我听说饭山一带把手帕用作爱的标记,割断姻缘时就撕破手帕。因此,附近这一带的妇女都很爱惜手帕,不想将其丢失。

这似乎是那种测定命运和吉凶之类的事儿。然而却是纯美的风俗。

到山上去

"水内在古代是一片沼泽,其证据是,饭山一带的城镇都是建在沙滩上的。掘开土一看,就会全然明白。"

听了当地的各种传说,我撇下同行的姑娘,第二天便离开了饭山。渡过船桥,从对岸眺望城镇方面的城山,然后乘雪橇在岸上被积雪埋没的桑园中滑行。这雪橇是人力车拆掉了轮子,再装上一种坚硬的木片制成的代用雪橇,有辕把和后舵,两个人一拉一推。雪橇低矮,如抬高辕把,乘客就会变成屁股墩儿的姿态。尽管如此,这不易乘坐的雪橇却增添了旅途的兴致。我带着孩童般好奇的心情,听着车夫们激烈的呼气声。雪橇在冻结的雪地上疾行,这时节,我仿佛感到自己和雪橇一起被抛向桑园之中了。

"嗬——哟——!"雪橇伴着号子在雪地上滑行的声音,人们咯吱咯吱踩在积雪上的脚步声,这些都给我的耳朵带来快感。乘船时经过的河岸上的雪景,在我面前静静地回旋。

在中野附近下了雪橇。道路有雪的时候,脚下是暖和的,不知何时,走在黄泥路上,脚趾冻僵了。在待人亲切的饭山旅馆,我要了一副鞋套,把它罩在草鞋的前头。

一月十四日,村村都在庆祝"小年"。在一种叫作"水草"的红树枝上,团上米粉,做成蚕茧状,再装饰到神龛上。据说这是养蚕前的祭祀。

归来时,阳光炫目,雪的反射令人苦恼。这一天,我看到千曲川河水也浑浊成了黄绿色。

当我乘上从丰野开来的火车回到山上的时候,寒意渐渐强烈起来,然而我却感到是从灰暗阴森的雪国来到了明朗的天地,心中舒了一口气。

住在山上的人们

一

以前我从饭山归来的时候，那里走的是新道（在眼下乘雪橇走的这条道的对面），通过静间平这个地方，那里是一片宁静的黄熟的稻田，我坐在村口的茶馆里休息过。当时，有人问我是不是到善光寺上香的和尚，这个意外的提问叫我哑然失笑。同行的画家B君穿着外国制作的洋服，口袋里插着写生本，但他也戏称是和尚，一时弄得茶馆老板娘摸不着头脑。我越笑，老板娘越发把我们当成和尚。她还半羡慕半开玩笑地说什么即便内幕和世俗人一样，那也是各人自身的造化。这位老板娘的话，说明了从饭山到长野"和尚"生活的一个侧面。

我在饭山之行的介绍里，向你讲述了当地人笃信佛教，那座山间小城镇就有二十几所寺院，看见这种完好保存旧时模样的地方，仿佛是到了上方一般。这种古色古香的空气，在急剧变化的时代潮流中，究竟能保存到何时而不遭毁弃呢？总之，在白雪中度过漫长的冬季，会给一般人的心里留下切实的宗教式的感触。我来到千曲川下游旅行，特别感到了这一点。

在长野，我拜谒了善光寺这座大建筑，看了寺里举行的令人难忘的典礼，还在风景秀丽的往生寺境内转了转。我不清楚这里住着些什么人。在饭山，我遇到过一位心性高洁的老僧，连他身边的老妇人也是了不起的。他们经营着古老的寺院，年纪大了仍不忘积极工作。在这座寺里，大概是正在给施主做法事，我看到一些人将佛像装进盒子里仔细包好，借走了。这件小事也令人想到了古老的风俗。

你听说过在印度进行佛迹探查的事吗？参加这个活动的一个僧侣，他就是这位老僧的儿子，还有一个学士也加入了他们的行列，他是老僧的女婿。那位学士当时正在英国留学，他拖着病弱的身子，和大家一起探访了印度内地和锡兰的阿育王遗迹，在返回英国的途中客死异乡。饭山寺里保存着许多纪念这位学士的明信片，上面记述了热带地区旅行的苦辛，深深打动了我。老僧的儿子服兵役去了，我没有见到。在这古老陈腐的寺院空气中，居然也产生了这样的新人物。同时使人联想起，在这样的人物背后，有着老僧夫妇这样的父母和岳父母，几十年如一日地过着宗教式的生活。

然而，饭山却保留着古老的宗教的馨香，虽说人们为如何维护二十几座寺院而苦恼，但它毕竟保存着旧有的形态，这不是偶然的。我从老僧那里听说，在饭山的老城主之中，有个人青年时脱离政治生涯，穿上僧侣服，一生致力于佛教传道事业。我还听说白隐、惠端以及其他优秀的宗教家，都在这里留下了深厚的历史因缘。

这样的事在高原地方是不太有的。首先没有这样的风土习惯，没有这样的历史背景，没有这样高擎法灯的老僧。我在小诸一带也遇见过几位僧侣，但和实际社会上的人没有什么两样。养蚕时节来到了，寺院的本堂一侧搭起了蚕棚，僧侣们干着活儿，他们要为度过漫长的冬天做积蓄。

二

普及学问是这个地区的大骄傲。山间有一座收容众多儿童的大校舍，这景色在其他地方是看不到的。这种建筑有时也被当作公众讲堂使用。小诸也花了大部分城市建设费，建起了不比其他城镇逊色的大校舍来。高高的玻璃窗，在城头上闪闪发光。

这样的地方，许多青年都想成为一名优秀的教育家，这就没有什么奇怪了。崇尚学问的青年不能摆脱家中种种的羁绊而远行，就只好立身于故乡。同长野师范学校每年招生人数相较，选择这条道路的青年人数相当可观。在我们的学校里，也有好些一二年级的学生正在为此做准备。

这个山间地区有尊重学者的风气。小学教师比起别的地方能得到较好的报酬。从社会地位上说，也比较受重视。这一点是大城市的教育家们所无法比拟的。连新闻记者都以"先生"自居。从长野地区聘请新闻记者做报告的事在这里并非少见。你只要有一技之长，人们就会从你那里汲取新的知识。小诸一带，欢迎名流学者的集会也实在多。宛如往古的关所一般，是不允许这样的人马马虎虎通过的。

很是幸运，我来这里听到了各种各样的先生们的故事。已故福泽谕吉[1]氏曾经过这里，留下一些传说，这是我后来从校长那里听到的。有位朝鲜的亡命客人也常在这里驻足。书法家们因穷困来到这里，会给他相应的旅费使他重新上路。总之，军人、新闻记者、教育家、美术家，这里都一概欢迎。

这种热诚的、不论什么都一概接受的倾向，一方面又形成了一种沉重的空气。勉强地说，由于地方的单调性的制约，即使是具有完全不同气质的人，也只能说出同一种话来。

其后，我在佐久一带发现了尤其具有消极情绪的人。这

---

1 福泽谕吉（1834—1901），明治时期思想家、教育家。庆应义塾大学创始人。

个地方，既有漫不经心的人，也有爱讲死理儿的人。

有人常问，为什么信州人那般爱讲死理儿呢？我想，这是因为那里的人心胸炽热的缘故吧。就像槲树的叶子在北风中鸣叫一般，有的人遇到一点小事就会激烈地颤抖，这使我想起刚来小诸那阵子，镇上的有志之士要发起成立青年会，大家在光岳寺的大厅聚会时，发生了激烈的争论。我们学校的I先生等人，冲着那些年轻人一直吵到天黑。人人都累了，章程倒是订出来了，但最后，青年会还是吹掉了。

此外，有的人具有极为平静的心怀，我们学校教植物的T君就是这样的人。他是个真正的学者，心地十分沉稳。不管在什么场合，我都未看到T君变过脸色。他出身于离小诸稍远的西原村。我只要见到T君，就比见到学校里的任何人都感到心境坦然。

三

当警察和从事铁路事务的人，大都是他乡的外来户。说到监督镇上和平的署长，那大体都是外地人。这里的巡查官中也有当地出身的，他们的鞋子发出剥咕剥咕的亲切的声响。

铁路上的人们，在车站周围建立起完全另一种世界。可以说再没有比忍耐力极强的越后人更能忍受这山上的铁道生活了。我从家住大手町的一个善于辞令的按摩师那里，听到了现在站长的事。这人从新桥转到直江津，干了五年列车员，然后当了站长助理，度过了七年的岁月。竟然也有这样的人，住在同一座山上，却过着与世悬隔的生活。

"这是过去一个站长的故事。"按摩师对我讲述了下面的事，"他本来是越后酒坊的仓库管理员，后来骤然出世，当了这里的站长。他有时指着葡萄酒坛上的广告，问电信技师：'你认识这些英文字吗？要是认识，我请你喝上一升！'技师明明知道这位站长没有多大学问，就故意逗弄他：'我不认识，请你读读看。我请你喝葡萄酒。''是吗？你连这个也读不上来，怎能在铁道上工作。'说罢，两人就分手了。技师如果受了抢白决心要喝酒，就红着脸出现在站长面前：'刚才太失礼了，这上面全是浅显的英文字，请大家听着。这广告上写的是……'于是一字一句读了起来。'是吗？是写的这些吗？你到底不简单，我没想到你有这么大学问。'……"

经过一番口角，站长和技师完全调了个位置，不久，站长已觉得没有意思，就离开了小诸。

铁路旁站着一位扳道工，他有着一副熬过山间寂寞生活的外来者的姿影。连续工作两昼夜之后，便有一天的休息。工作时间长,他不以为苦吗?我到学校的往返途中,通过怀古园的交岔口,经常看到瞭望所附近,独自站着一个扳道工。

柳田茂十郎

提起上一代的柳田茂十郎，作为佐久地方的商人，他经常被人当作典范加以引证。像茂十郎这样的人是最具备佐久气质的。这位名扬四海的商人，有一个时期，因一时商业上的失手，曾沦落为豆腐坊老板。一下子决心走到那一步，也许只有茂十郎才会下这样的决心。他当初在小诸开办豆腐坊时，大家碍于情面，谁也不去买他的豆腐。茂十郎家里本来是酒坊，他看到造酒这行当只是摆弄死钱，生意上没有什么活力，于是转而成为茶叶商人。他是个严格遵守时间的人，只要超过一点儿，他就断然而归。他把店面让给几个孩子看管，生前认认真真收取租金，临终时又把这些分给了孩子们。我还听说有个女人好奇地给人讲述这样的事：凡是到茂十郎家中去过一次的人，他死后都有一份遗产相赠。每逢遇见我们的校长，他总是讲起这位故人的事，说他被客人招去饮宴时，当着满座的人,说自己没有白白喝酒。校长还学着他手把酒壶的姿态。

"酒,能喝多少就喝多少,这才叫好。"

不管遇到什么事,茂十郎总是用这般口气说话。

佃农之家

约好了要去访问学校工友的家。阿辰告诉我,今天是交年租的日子,快来看看吧。

下了小诸新町的斜坡,便是浅浅的山谷,隔着细流和磨坊小屋相对,那里便是阿辰的家。院子里铺着席子,稻谷堆积成山,阿辰兄弟在不停地干活儿。

在诚恳热情的老农的陪伴下,我进入这位佃农的灰暗的家。屋里放着猫窝子和稻草编的脚炉之类东西,这些是我很少见到的。老农将我带去的一点礼品,放在"床之间"[1]前的神龛上,摇了摇铃铛,然后面对被炉坐下,天南海北地聊起来。一位五十岁光景、表情淡漠、沉默寡言的妇女,也坐在被炉旁边。她身体瘦弱,坐在那里一声不响。她的身边是阿辰的

---
1 日式房间中专供摆放书画、花瓶的地方。

小女儿，她在专心地玩耍。那位寡言少语的妇女和蹲在灶前、扎着细腰带的姑娘，听说都住在老农家里。我没有留心她们，只是倾听老农的谈话。

这位能说会道、谈吐诙谐的老农向我讲述了上州和信州的农民的不同之处，各种农具的用途，还有地主和佃农的关系等等。从他那里，我得知新町一带的佃农之间有一个小小的罢工同盟，时常搞些活动。佃农为何对地主不服呢？照这位老农的话说，这一带每一百坪土地叫作"一升莳"，一家算三百坪，交租时一升稻谷只算二百八十坪，就是说一家实际上没有三百坪。不到三百坪交租时打折留成，能和地主平分所获者实在是少数。因此，佃农们纷纷叫苦。没文化的佃农对待地主，尚有各种不为人知的复仇的方法。例如在米袋里搀上石子增加重量，向米袋里喷水，使稻谷更加鲜亮，有的人不顾稻穗，只让稻秆长，还有其他一些恶作剧的办法，弄得地主颇伤脑筋。这样一来，结果是"三月四月，吃光喝光"。当然，这时节也眼看要收麦子了。

"俺那时候，要是定屋先生（地主）来，总要买上一升酒，即便什么也没有，也要献上些好吃的东西。今年这事都交给儿子办啦，我不知他做何打算哩……俺那时候，一直都是这样过来的啊。"老农对我说着，笑了。

这时候，阿辰在屋外喊道："快去叫定屋先生，请他早点来。"

阳光猝然从门口照射进来，幽暗的南窗也变得明亮起来了。"啊，太阳出来了，刚才还是下雪天气呢。这下子好啦。"又是阿辰的声音。

系着细腰带的姑娘沏了茶，端到我们这里来。面对被炉而坐的缄口不语的女人，蓦然站起身到厨房去了。

老农小声对我说："我只身一人，平时没有什么人来往。有人说我年纪大，劝我将她留下来，我就同意了，和她住在一起。可儿子不服气，暗地里嘀咕，说要了那么一个女人。"

"你叫她给你做饭吗？"我问。

"是啊，世上的人都这么想。可我不让她做饭，要是让她做，那都会被吃光的……我也是个精明人哩。可世上的人都不这么说，都说我这样做苦了自己啦。"

古旧的洋伞羽缎，如今罩在被炉上了。老农拍拍被炉，喋喋不休地说着。这位老人的乐趣就是算命看相，为附近的农民占卜祸福，根据"六三咒术"[1]祈求神佛消灾灭病。他是附近有名的博闻强识的老农，我听他谈起《言海》[2]来，暗暗感到吃惊。

---

1 "六三"为神经病痛的俗称，用"九"去除病人的虚年龄数，根据得数焚香念咒，祈求病愈。
2 由语言学家大槻文彦编修的辞典。

"我不愿谈起过去不体面的事，我在年轻时做过车夫，每天赚八元，八元钱啊！不过转眼就像流水花光了，年轻人好摆阔嘛！我这个人，大凡人们干过的事，我都尝试过，只有赌博和坐牢，我不知道其中的滋味——只有这个我没有体验过。"

老农正在笑着，一个头戴黄丝绵帽的五十上下的汉子，穿着素朴的礼服走了进来。

"这位是定屋先生。"阿辰叫道。

地主进了屋，坐在被炉边暖暖身子，等待着。我正想到外面的院子里去，这时，姑娘离开磨坊，正渡过桥来，把量米的木枡朝堆积在那里的稻谷上一扔。阿辰开始准备年租了。五岁的小女儿跑来，揪住阿辰的衣袖不放。阿辰用充满慈父般情感的口气安慰着她。小姑娘浑身震颤着，每哭一阵，就含含糊糊地说些什么。

"妈妈就来，别哭啦。"

"我手冷……"

"什么，手冷？快坐到被炉旁去！"

阿辰紧握着女儿冻僵的小手，把她领回家去。

面对山谷的狭窄的庭院里，有干枯的柿子树。对面的水车也捆上了稻草。竹桶的水滴已结成了冰柱。细谷川的水也变成了白茫茫的冰层。昏黑而寒冷的日光，透过干枯的柿子树枝，照射着堆有稻谷的庭院。年老的地主从屋里出来，丝绵帽里裹着一头白发。他靠在南窗外面的横木上，瑟瑟缩缩地袖着双手。他紧抱着身子，以求得一丝暖意，一边等着阿辰兄弟准备年租。

"这稻谷的成色怎么样？"听阿辰一说，地主用白嫩柔软的手抄起一些稻谷看了看，将一粒放入口中。

"有秕子哩。"

"那是麻雀啄的，不是秕子，装上一袋称称看吧。"

地主把掌心的稻谷放下来，又重新袖起双手。

阿辰叫弟弟把稻谷装进簸箕。弟弟又把稻谷倒进圆木枡内。地主弓着腰，用一种名叫"土拨"的东西仔细刮了刮木枡，一边量着。

"你来装，要喊着号子，得像个交年租的样子才行。"阿辰吩咐着弟弟，"快，加紧装！"

"一升来，二升来……"弟弟高声呼喊。

六只米袋并排放着，每只米袋装进了六斗三升稻谷。阿辰拿来草盖子封在米袋上，他背靠着米袋和地主开始争论起来。地主听了阿辰的话，眯细着眼睛，无言地思考着。机灵的弟弟跑到桥的对面，不一会儿，包袱里裹着酒壶，双颊红润润的，笑嘻嘻地回来了。

"交年租呀，恭喜恭喜！"磨坊老板边说边走了进来。

为了不打扰别人干活儿,我坐在平时用来编织稻草袋的储藏室里,将米袋的草盖垫在身子下面,看着这番情景。阿辰脚蹬着米袋,绑了三道草绳。弟弟过来帮忙,干透了的稻草绳子时时断掉。

"捆米袋的草绳老是断掉,说明功夫还不过硬啊。"磨坊老板看了,笑着打趣。

"称称米袋看。"

"多重?真够劲儿,十八贯八百……"

"好家伙!"

"十八贯八百,多好的稻谷!"

"还有米袋呢。"

"是的,还有米袋,那重量我知道。"

"我的要有十八贯就好啦。"

"里边有九成是无芒稻哩。"

人们七嘴八舌地议论着。磨坊主人和地主商讨米价问题,不一会儿,他穿着木屐的双脚踏过稻谷,告辞回去了。

"怎么样?凭你这体格,两袋子没问题吧?"

经地主一说,阿辰的弟弟一只胳膊夹着一个米袋,涨红着脸,用力抱了起来。

"来,请喝茶。"

阿辰对地主说着,也给我送来一杯。地主摘掉丝绵帽,进了屋子。我跟在他身后,也去暖暖冻僵的身子。

"共收了六袋谷子,每袋要交租二斗五升吧?"阿辰说。

老农坐在被炉旁倾听着,他当着地主的面,解开包袱里的酒壶说道:

"何止二斗五升,四斗五升啊。"

"四斗……"地主也支支吾吾。

"不是四斗五升,四斗七升,没错……"老农又说。

"四斗七升?"地主望望老农的脸。

"唔,四斗七升啊。"阿辰说罢,走向院子。

我们聚集在被炉旁,老农取出古老的炉板放在被子上。大碗里盛着蒟蒻糕和炖菜,小碟里有袋装的辣椒粉。老农用旧布揩拭一下杯子,把酒倒进温酒杯内。

"这是冷酒,不是烫酒,欢迎定屋先生光临。"

老农用轻快的语调说道。地主把烟袋插在炉板的隙缝里,品着冷酒,瞧了瞧老农的脸。

"这会儿要有老太太在,那该多好。"

地主的脸上开始浮现出微笑。

"老太太一别,今年已是二十五个年头啦。"老农连忙应酬道。

"趁这阵子,接回来算啦。"

"您知道吗？老太太生了七个孩子，都死了。现在的阿辰还是领来的呢。老太太趁我出门时，把家里的东西全搬弄走了。这是男女之间的事，我可以不计较。只是由着她，老偷东西怎么行。人家说了，如今再把老太太接回来，那老头虽有一番善心，还不是图她的积攒。真讨厌！老太太回来，要是再干偷盗的事，我还是不能容啊！我不想再折腾啦。你瞧，那占卜的事您猜怎么着，那卦上说还要遭偷哩，真可怕啊！"

这位老农到底是佃户之间知书识礼的人哪，他说的都是极为有趣的事情。地主和老农两个人，又议论起同住一起的那对母女来了。

"哎，那是她的女儿吗？"

"她有孩子，我说那孩子怪可怜的，就留下吧。世上的事很奇妙呀……我今年六十七岁了，这把年纪，娶了那样的女人，旁人少不得说闲话哩，真叫人伤脑筋啊。"

"不管到了多大年岁，可心情都是一样啊。"

在这个我所难得一来的屋子里，有幸听到乡间百姓的一番谈话，度过了难忘的日子。主人招待我吃过蒟蒻糕和油焖炖菜，不久，我就离开了这位老农的家。

路旁杂草

每当我在通往学校的路上（这条路全部埋在白雪之中），或者在阳光映照的石垣之间，发现待春的杂草，我就感到一阵欣喜。人被漫长的严冬封锁着，哪怕看到路旁的杂草也感到亲切。

穿过朝南或朝西的桑园，经常能看到叶子边缘泛着紫色的金荦草露出地面，这草又叫"车花"。在布满车轮状杂草的土堤的雪层里，必定蔓生着青青的蘩缕。学校工友告诉我，青蘩缕是农民用来喂小鸡的饲料。石缝里长着"鬼绑腿"，垂挂着青紫色的椭圆的叶子。还有一种仿佛穿着臃肿冬装的"火车草"。在干枯的蓬蒿和其他杂草丛里，又细又矮的小草却保持着绿色，有的处于半黄半枯的状态。从我们学校到士族宅地一带缺水，所以到处引来一些细细的水流。这些水也从学校门前流过。走到那里一看，只剩下青绿的小草，比其他地方更加充满生机。

这些杂草在怎样的世界里才能露出脸儿，有的甚至会长出极微小的花蕾来呢？这个问题我也拿来问问你。从一月二十七日，过了三十一日，再到二月六日，这时节到达了严寒的高峰。就连在山上住惯了的我，也被这里恶劣的气候吓住了。一次，我感到手指冻僵了；一次，因患感冒而发烧。降下的雪在朝北的屋顶和庭院里冻结了，多少天来，没有一丝消融的意思……我看见一座古旧的房屋，冰霜从地板下边连同泥土一起升高，弄得屋门都关不上了。朝北的屋檐下边，垂挂着二三尺长的冰凌。裹起身子在屋外走一走，外套的领子就会变成白色。在这样的天气里，只有屋顶上飞行的麻雀和雪地中觅食的狗儿显得最为快乐。

论起草木，我曾把福寿草栽在小盆里，置于"床之间"。当花蕾发黄时，寒气转强，花儿在暖和天气长得倒好，气候变冷就枯萎了。更叫人吃惊的是南天竹，买来一些插在花瓶里，瓶里的水结冰了，南天竹却挂着红果，枝叶青青，鲜润如初。

你没有见过牛奶结冰吧？泛着淡绿，奶香也消失了。在这里，鸡蛋也会结冰，打开来蛋白蛋黄粘连在一起。厨房水池边的水结成了冰，大葱的根和茶叶末冻成一团儿。微弱的阳光照射着窗际的时候，用一把菜刀或别的什么，将水池的冰块用力敲碎。这情景在暖和地方是看不到的。洗手木桶的水过了一夜，第二天早起一看，有一半结冰了。于是，把木桶拿到太阳下面，敲掉冰层，然后再用来装水。腌萝卜和咸菜也都冻了，咬起来发出咯吱咯吱的响声。有时不得不把咸菜放在热水里泡一泡。看看那些用人的手，又黑又粗，皮肤皲裂处鲜血直流。汲水时要裹上头巾，戴好手套。有时候，早晨用抹布揩拭板壁，水痕立即冻成一道白色。夜阑人静，一边听着各个屋子的廊柱因冻裂发出的声响，一边读书学习，于是更加感到寒冷彻骨了……

大雪袭来之前，反倒是和暖的。入夜下起雪来，和雨夜的寂寥不同，别有一番静谧的情趣。在那温暖的雪夜，你会怀疑，莫非梅花已经盛开？可是一旦雪聚集起来，便冷得叫人难以忍受。走到积雪的田地里一看，简直是一片冰原。千曲川也结上一层白茫茫的冰。冰层下边传来汩汩的流水声。

学生之死

　　我们学校的学生、青年 O 死了。我曾经在仙台的学校当过一年教师（当时我是一位二十五岁的青年教师），我教的一个学生死了，我参加了他的葬礼。我一边回忆着当时的情景，一边和同事们一起朝 O 的家里走去。于是，我的心头闪过许多关于这位早夭少年的画面。

　　O 的家位于小诸的赤坂街。途中遇到同事老理学士，我们一起走过水彩画家 M 君从前住过的宅邸的大门前。这里是旧士族的一个领地，M 君只租住了一年，是一座具有古色古香门面的幽雅的住宅。M 君住在小诸的时候，非常勤勉，他创作了许多有关松林的早晨和其他题材的风景画。我常到这座旧宅来打扰他，看他在这一带的写生画。和他谈论米勒的绘画，以此消磨时日。

　　沿着细流，下了板町，我们正碰上结伴而行的同事 T 君和 W 君。听说 O 天黑之后到哥哥的裁缝铺去帮助裱糊格子门，感到周身发冷，他没有在意，洗了澡，越发不适，随后很快躺在床上。热度从肺到达心脏，三个医生会诊，听说从心脏取出四合[1]积水。卧床四十余天，死时十八岁。健谈的理学士以及其他同事们，都谈起了有关O的许多情况。所说O打十岁起就照料生病的母亲，早晨自己烧饭，帮助母亲梳头，然后再去上学。还有人说，他在病中还叫人把床铺在随时都能看见母亲身影的地方。

在O的家里举行了简朴的葬礼。一月三十一日，上午十点光景，亲戚、镇上的人、老师、同窗学友一起来吊丧。O是耶稣教徒，棺材上盖着黑布，挂着蓝色的十字架，上面放着手工制作的牡丹花。信徒们站在棺材前唱起了赞美歌。按照顺序祈祷，介绍履历，朗读《圣经》，内容是哥林多后书[2]第五章中的一节。我们学校的校长致悼词，他讲道，人总是要死的，不管是谁，希望都能像兄弟一般得到怜爱。这时，O的年迈的母亲捧着《圣经》，哭了。

我和学生们一起送到士族领地内的墓地。O的遗体埋在长满松树的僻静的小山上。在墓地也唱起了赞美歌。远处的石塔旁和近处的松树下边，O的同学们有的坐在地上，有的伫立一边，眺望着墓地上的情景。

---

1 合，是日本的体积单位，为1升的十分之一。
2 指《新约圣经》中所收的哥林多后书，为使徒保罗写给哥林多教会的书简，是了解原始基督教团生活状态的绝好资料。

暖雨

进入二月,下起暖雨来了。

这是一个阴霾的日子。空中低浮着灰色的云。打下午起,就下了雨,使人骤然感到一股复苏的暖意。这样的雨,不接连下上几场,是难以治愈我们对春天无比饥渴的强烈感情的。

天上烟雨空蒙,我看到行人们打着伞,湿漉漉的马儿从眼前走过。连房檐上那单调的滴水声,听起来也令人心情高兴。

我的一直蜷缩着的身子开始舒展了。我感到说不出的快慰。走到庭院里一看,雨点洒在污秽的积雪上,簌簌有声。再来到屋外一望,残雪都被雨水融化了,露出了暗灰色的土地。田野渐渐从冬眠中苏醒过来,呈现一副布满砂石和泥土的面容。蔫黄的竹林,干枯的柿树、李树,以及那些在我视野之内的所有林木，无论是干和枝，全被雨水濡湿了，一棵棵无不露出刚刚苏醒过来的黝黑而脏污的面颜。

流水潺湲，鸟雀聒噪，这声音听起来多么舒心！这是一场连桑园的桑树根都能滋润到的透雨哩！冰消雪解，道路泥泞，在冬天悄悄逝去的日子里，最叫人高兴的是那稍许伸长的柳枝。穿过那柳枝，我遥望着黄昏时南国灰色的天空。

入夜，我听着寂寥而温暖的雨声，感到春天不知不觉来临了。

北山狼及其他

每当和学生一起散步，就能听到有关当地的种种事情。一个学生对我讲述了北山狼的故事。这种北山狼的脚印比家犬还大，粪便都是毛和骨头，因为它捕食野兔和鸟类。经过雨淋之后，农民用它的粪便来做退烧的药。这个故事，仿佛把我引入了童话世界。

我也听说过一些野蛮的事。这里有人偷鸡。当雄鸡和母鸡相戏时，用钩针穿着食饵，像钓鱼一般钩住鸡的咽喉；还有人盗狗。用黑砂糖将人家的狗引诱过来，杀了煮着吃，狗皮用来做褥子。

顺便讲一下当地的一个习惯。我经常看到这里的香积橱上摆着没有眼睛的大不倒翁。上田有个八日堂，逢到赶庙会的日子，总有卖不倒翁的市场，就像东京的"酉之市"[1]那般热闹。如果祈求的愿望实现了，就给不倒翁加上眼睛，收藏起来。我曾在海口村一个奇特的温泉旅馆住过一夜，那里面也摆着不倒翁。

这里是养蚕地区，举行所谓"蚕祭"。这一天，人们用米粉做成蚕茧形状，放在竹叶上以示庆祝。

二月八日的"道祖神节"，有些像儿童的节日。照当地的口音称作"道碌神"。路旁的小祠堂里，供着保佑儿童的菩萨，孩子们把驮着糕饼的稻草马牵到这里来。这是个古朴而又无邪的风俗。这一天也是孩子最快乐的日子。

---

[1] 十一月的酉日，在东京大鸟神社举行的祭祀。

赔礼

我们学校的校长，借着在小诸小学的讲堂里举行演讲会的时机，攻击了医生们的不学无术。我没有直接听到校长的演讲，后来，我从理学士那里听说这件事引起了很大麻烦。校长退居此地从事青年教育之前久经世事，他对镇上的各种事情具有充分的发言权。听说守山一带桃园的开发也全靠校长先生的力量。校长是一个精力旺盛、体魄健壮、敢作敢为的人。具有如此性格的校长，演讲时一不小心，矛头也触及医师们身上了。细心的理学士放心不下，跑到我这里商量怎么办。

一天晚上，冈源饭馆派人送来警察署长的一封信，拆开一看，信中叫我去一趟。我对这位署长先生有意承担调解一事略有所闻。果然，小诸医师会的成员们集合在冈源饭馆楼上，当时他们叫我代表校长，对上次的失言道歉。我说，自己没有听到校长的演说，不知这样做合适不合适。要是有失敬之处由校长本人来赔礼好了。等我听了校长的意见再做决定吧。署长看到这番形势，蓦地离开座位，为了所谓镇上的和平，冲着大家鞠了一躬。医师们也正襟危坐起来。一无所知的我本不打算让步，但对署长的一番厚意又不能不佩服。我鞠过躬下楼的时候，越发感到当一名乡村教师实在太苦了。

第二天，我到中棚去看校长。我笑着告诉校长已经代他赔了不是。校长有些厌烦地回答，用不着向那伙人道歉。我实在干了一件两边不讨好的蠢事。

春之先驱

每下一场雨,温暖便增加了几分。从二月下旬到三月初,樱树和梅树的蓓蕾次第打苞儿。背阴的雪渐渐融化,灰色的地面呈现出黄色来。春雨喜降之后,湿漉漉的梅枝泛着新红。草屋顶上长时间埋在雪层里的青苔骤然返青。温馨的风吹拂着,青空的颜色也逐渐加浓。那像羊群一般变幻莫测的白云和黄云,宛若春之先驱,乘着微风飘飞。

我对着饱含春之光辉的西南天空,留心眺望这些云彩。猛然间,云层出现了,渐渐地扩大,变长,眼看着向南流动,随后便消失了。这时,第二朵云层又在同一位置出现了,一样地展开。柔和的乳白色的天空里,白云带着些微灰色的影子,远远地飘浮。这景象实在美极了。

星

这时节,月亮升空是十二点左右吧。傍晚,我望着南方天空一颗闪着青光的星。东方天空也挂着一颗闪着红光的星。天上只有这两颗星星。我真想让你也看看这山野地带的星辰。

第一朵花

"再热再冷到彼岸"[1]，这是当地人常说的话。听到"彼岸"这个词儿，心里轻松多了。我感到五个多月漫长的冬天就要过去了。直到这个时节，槲树没有落叶，石楠树也带着坚实而硕大的蓓蕾，在风雪之中挺立过来了。这些树木便是逝去的季节的一个小小的纪念。

我们从学校教室的窗户所看到的樱树，枝枝干干都泛着艳红的颜色。回家向庭院里望去，苹果和柿子映着围墙，那无限的情趣看也看不够。气候变暖了，羽化的飞虫早已在檐下集结成群。我曾向你介绍过这里的杂草，三月的石垣缝里，长出了黄狼子草、小豆草、蓬艾、蛇草、人参草、鸡儿肠、大小米荠菜和其他数也数不清的草类植物。三月二十六

---

1 "彼岸"指春分或秋分前后的一段时间,过了"彼岸",天气就会转暖或变凉。

日这一天，我又看到石垣的泥土里，长出了又白又小的荠菜花和带着紫斑的无名的草花。这是我在山上看到的最早开的花。

山上的春天

贮存的青菜吃光了，葱和马铃薯之类也很少了。离新鲜的蔬菜上市尚有一段时间。这时节，每天早晨只能喝些裙带菜酱汤。春雨晴明的早晨，青烟沿着家家户户的土墙爬行，看到这种情景，想到天气就要和暖起来，但食物的匮乏，又令人徒然叹息。论起那满是油气的冻豆腐，看到挂在墙上的黄色的豆腐块儿，又使人大为扫兴。"买草饼啰——"浅雪的道路上，女人踩着水渍渍的地面走动着。听到她的叫卖声，令人欣喜。

三月末到四月初，到你居住的城市去了一趟。回到山上时，感到气候相差实在太大了。在东京时，正是樱花时节，乘火车经过上州一带，那里的梅花正开，等到翻越过碓冰山口，轻井泽还是一派冬天的景色。我在山上看到的春天姗姗来迟。当我用同一双眼睛，从车窗眺望武藏野的遗迹时，我不能不想到：“啊，下起了轻柔的细雨哩！”不过，小诸不像轻井泽那样冷，火车驶到这里，可以看到干枯的田野里骤然间萌出了小麦。枯黄的旧叶和青郁的新叶交混在一起，远远望去非常好看。

　　打从四月十五日起，我们就能欣赏到繁花似锦的世界了。憋足气力的梅花到那时一起开放，紧接着是樱花。樱花之后是李、杏、茱萸，雪白的花朵在我们周围争奇斗妍。打开厨房的门，走进庭院，无处不充溢着花的香气。我带领学生来到怀古园，春天虽然短促，但春深四海，它使我们的心儿都陶醉了……

后记

　　这些写生文章搁置了很长时间都没有发表。我在信浓山区写的文章虽然不少,但我以为没有什么值得向别人公开的地方,所以从中只选择适合青年人阅读的数篇,重新加以改写,从明治末到大正初年,每月连载于当时由西村渚山君编辑、博文馆出版的《中学世界》上。《千曲川风情》也是当时定下的题目。大正元年冬,佐久良书房辑成一卷本出版,这便是最初集结而成的小册子。

　　我到小诸以后,早晨起来,像个如饥似渴的游子一般眺望山峦。我看到了残留白雪的远山——浅间山,看到了犬牙交错的山势,满布阴影的幽谷,以及古代崩陷的遗迹,还看到了山巅淡烟般的云层。所有这一切,都披着朝阳的光辉,映进我的眼帘。老实说,打从那时候起,我已经感到我再不是从前的自己了。我觉得我的内心有一种新的东西在跃动。

这是我后来对自己的回顾。我感到了莫大的新的渴望。在我的第四本诗集[1]出版的时候,我打算学着如何更正确地看待事物。这种内心里产生的要求十分强烈。为此,我沉默了将近三年的时间。记不得从什么时候起,我开始创作这些写生文。我把它写在日记上,就像每天的日课。和我前后来到小诸的水彩画家三宅克己君,在袋町建立了新家庭,住了一年光景。他利用余暇也到小诸义塾给学生上过课。住在小诸时,他的画技大有长进,我记得在白马会举办的展览会上,展出的《早晨》等几幅作品,画的就是怀古园附近的松林。我曾向他借来画家使用的三脚架,有时带到野外去,以便培养向日新月异的自然界学习的兴趣。我的这些写生文都是从浅间山麓的高原、火山灰、沙砾和烈风中产生的。

这里,我想记述一点过去的事。我从仙台返回东京的时候,我们原来的《文学界》以及同仁们的工作,已经宣告结束。持续了五年多的工作,直到今天反而为意想不到的人所承认,甚至听到有些人称之为年轻的浪漫主义。今天再回顾一下那

---

[1] 指明治三十四年(1901)出版的《落梅集》,收入作者在小诸创作的抒情诗,表达了对逝去的青春时代的追怀与叹惋的心情。

个时代,也是有因由的吧。不管怎么说,我们刚刚迈出第一步,还缺乏经验,尤其是我自己,每当追想起当时来,就浑身出冷汗。我们的弱点在于缺少历史的精神,如果不缺少这样的精神,在对本国古典的追求上,在对西欧文艺复兴的追求上,或许还会更加深入。正如平田秃木君所说,上田敏君是《文学界》培育起来的唯一的学者,即使凭借这位上田君的学者态度,也未能使本国独立的希腊研究存留于历史之上,这实在可惜。通向文艺复兴的道路,就是通向希腊的道路。当然像上田君这样的学者,也是看到这一点的。然而,他似乎没有朝这个方向深入下去,而转向了近代象征派诗歌的介绍和翻译。

写这组文章的时候,曾经收到东京的冈野知十君寄来的俳谐杂志《半面》,创刊号上登着斋藤绿雨的文章。绿雨君在文章里也谈及了我:

> 他现在一直待在北佐久郡,作为山民,他的皮肤有些过于白嫩了。

绿雨君就是这样的人。既不甘甜,也不辛辣,这样的用语在当时无出其右者。然而,对于远离东京的朋友的我来说,这似乎是最后听到的绿雨君的声音。我虽然从文学上没有直接向他学习什么东西，但从处世阅历很深的他那里，受到了不少启发。就是他经常向我通报鸥外、思轩[1]、露伴、红叶以及其他诸家的消息。他去世以后，马场孤蝶君追忆起交游的往日，说他尽管死了，但仍有许多令人念念不忘的地方。可见他不是一个寻常之人。我对这话颇有同感。

在小诸听到红叶山人死去的情景，使我很难忘却。我一年只有一次机会走访东京的友人，因此，我很少得知诸先辈的消息。像鸥外渔史等不知休息的人，当时也是透过书斋观潮楼的窗户，悠然自得但却认真仔细地眺望着文学的推移进展吧。同时，他又留心柳浪、天外、风叶等作者的新作，关心着后进青年的成长。明治文学终于迎来变革的时期，人们都在为下一时代做准备，这可以说就是明治三十年代的特征。

要摧毁旧东西只能是白费力气，只要自己能够焕然一新，那么也就等于旧事物已经摧毁了。这就是自仙台以来我的信条。为迎接即将到来的时代做准备，对于我来说，只能是使自己变成全新的人物。在我面前逐渐展现了广阔

1　森田思轩（1861—1897），明治时代的新闻记者。

的世界。一个行动不自由的乡村教师，要弄到好的书刊是不容易的。我的这个心中的宿愿实现了。我每天从这些书籍中学到了新的东西。我被达尔文的《物种起源》和《人类和动物的表情》等书籍中，自然研究的精神所打动，也被心理学家萨雷的对儿童的研究所打动。那时候，我的书架慢慢改观了，上面不仅排列着近代的诗作，英译的欧洲大陆小说和戏剧之类也一本一本地上了书架。其中有托尔斯泰的《哥萨克》《安娜·卡列尼娜》，陀思妥耶夫斯基的《罪与罚》《西伯利亚记》，福楼拜的《包法利夫人》，还有易卜生的《约翰·盖勃吕尔·博克曼》等，这些都是我喜欢阅读的书籍。我最初接触托尔斯泰的作品，不是小说，而是一本英译的题为《劳动》的小册子。那时是我从明治学院的旧学校里出来的第二年，我从岩本善治夫妇的藏书中发现了这本书。虽然仅有这样一段记忆，我也如同遇到故友一般备感亲切。我被书中准确的描写所吸引，当我到千曲川上游的高原地带旅行的时候，我想象着托尔斯泰作品中各式各样的人物。那未曾一见的高加索令我心驰神往。当时，我从横滨的凯利书店主要购买一些外文书籍。这家书店给我寄来过英译的巴尔扎克的《土》。这本书长期留在我的心中。奇怪的是，当我对这些外国的近代文学产生兴趣之后，又反过来促使我重新阅读一些本国的作品。正是在那个时候，我发现感人至深的《枕草子》有许多值得学习的东西。

今天，回顾明治二十年代，对我来说，就是回顾自己的青年时代。鸥外渔史因《舞姬》一篇作品而登上文学舞台，也是在明治二十年代早期。他在《新著百种》上发表《信使》也当在明治二十四年吧。随着时间的逝去，当时的情景和气氛不那么清晰了，留在许多人心中的记忆也前后颠倒、印象朦胧了。但可以说，真正的明治文学是从二十年代开始的，今日保有的明治文学的一半业绩，是活动于那十年的人们努力的结果。但明治二十年代是一个年轻的时代，大凡执笔写作的人都在一同前进。其中的一个因素是，当时许多人都在考虑建立新的日本，社会强烈要求造就新的作者。长谷川二叶亭的《浮云》之所以能那样唤起我们心中的新鲜感，也正是因为顺应了这样的要求。像那样鲜明地反映现实，批评现实的作品，也是罕见的。另一方面，鸥外渔史连续翻译了莱辛的《俘虏》、安徒生的《即兴诗人》以及其他名著，提高了当时的文学水平，给予众多的作者以不少影响。《水沫集》一卷，说它是青春的书，未免又有些老成持重，但明治二十年代的早春气息，却保留在每一页文字里。

如果说明治二十年代文学获得了迅速的进步，那么，在发展之中也应看到它失去了最初的纯粹性和新鲜感。这是各种各样的原因造成的。无可争辩，当时文学进程中出现的言文一致的文体，其基础还不坚固，就连红叶山人这样的作者，也在雅俗折衷的文体和言文一致之间徘徊。不管怎么说，自古以来文章的约束还严重地存在，妨碍了人物感情和语言功能等方面的自然流露。这样的状态最终是行不通的。人们渐渐要求自由而富于变化的文体，过去的作者们感到再用旧有的表现方法也混不下去了。我知道斋藤绿雨君这个头脑聪敏的人，在这一点上吃尽了苦头。我想，大概他为文章本身付出了过大的辛劳，致使《油地狱》和《捉迷藏》中所显露出来的作者的禀赋，未能得到充分的发挥。

其后，鸥外渔史重新执起创作之笔，在《新小说》杂志上发表了一篇《错染》，我阅读之余，感到渔史这样的人也迎来了转机。正如《错染》这个浅显题名所表现的一样，渔史早已不是《信使》和《泡沫记》中所表现的那种高视阔步的姿态了。那个时候，透谷君和一叶女士短暂的文学生涯已经过去,柳浪也悄悄早逝,蜗牛庵主[1]写了《新羽衣故事》,红叶山人写了《金色夜叉》,进入了成熟的创作阶段。在鸥外渔史发表《错染》的时候,回顾一下明治二十年代初期的文坛,的确有隔世之感。十年的岁月,对于明治文学家来说,并不算短。

从二十年代末到三十年代初,也许是明治文学家一生中最为动荡的时代,那正是绿雨君和鸥外渔史以及幸田露伴等人交游的时代。同时也是诸先辈对新进作家的作品,开始组织讲评会的时代。

明治文学早期的开拓者们,在接受欧洲文学方面,大多能深得其要领,保持了本国的特色。这是因为,一方面德川时期的文学家继承了遗产;另一方面,这种特色也是从中国文学长期的滋养中培育起来的。当时,其他一批文学家们,依然瞄准十八世纪的英国文学。其中,从德国这一角度,着眼研究十九世纪文学、并满载而归的鸥外渔史,发挥了优势。不过,就连鸥外自己,对本国产生的言文一致的文体也抱着试试看的犹豫不决的态度。想想那个时代,就会感到山田美妙和长谷川二叶亭两人,比任何人更早觉悟到了这一点。

---

[1] 幸田露伴的别号。

我认为,明治的新文学和言文一致的发达是不可分割的。想想各位前辈走过的道路,坚持言文一致便是最好的捷径。我们所写的东西,从古代文章的约束和表达方式中解脱出来,实现了今天的言文一致。这一事实,绝非像后来想象的那般轻而易举。首先从文学上开始试验,然后推及整个社会,从报纸社论到科学著作,最后到私人通信和儿童作文,可以想象,是花费了很长的岁月的。

毋庸讳言,德川时代出现了俳谐和净瑠璃[1]的作者,他们自由驱使俗言俚语,为语言的世界送来清新的空气。另外,有的国学家探究《万叶集》《古事记》,将产生在那个黑暗时期的古代语言世界,再一次引向光明。我以为,实现这两大任务的同时,明治年代一些人在言文一致的创设和发展方面付出的努力,正是为文学的殿堂奠定基础的工作。我一边创作这组写生文,一边尝试着研究言文一致,这想法也并非一朝一夕之间产生的。

至今,我在山上已经生活了七个年头。其间,我在马场里的自家里迎接过小山内薰君、有岛生马君、青木繁君、田山花袋君和柳田国男君,那些日子实在令人难忘。我经常同

---

[1] 一种以三弦琴伴奏的说唱曲艺或故事底本。

小诸义塾的鲛岛理学士以及水彩画家丸山晚霞君一起，带领学校的学生们到千曲川的上游和下游旅行。这组写生文，从各个方面追述了令人怀念的小诸生活的种种情景。

图书在版编目（CIP）数据

千曲川风情：岛崎藤村散文集／（日）岛崎藤村著；陈德文译.--北京：北京联合出版公司，2020.1
ISBN 978-7-5596-3788-8

Ⅰ.①千… Ⅱ.①岛… ②陈… Ⅲ.①散文集－日本－现代 Ⅳ.① I313.65

中国版本图书馆CIP数据核字（2019）第241482号

千曲川风情：岛崎藤村散文集

作　　者：[日]岛崎藤村
译　　者：陈德文
策　划　人：方雨辰　陈希颖
特约编辑：陈希颖　蔡加荣
责任编辑：管　文
封面设计：尚燕平

北京联合出版公司出版
（北京市西城区德外大街83号楼9层　100088）
北京联合天畅文化传播公司发行
山东临沂新华印刷物流集团有限责任公司印刷　新华书店经销
字数105千字　787毫米×1092毫米　1/32　6印张
2020年1月第1版　2020年1月第1次印刷
ISBN 978-7-5596-3788-8
定价：46.00元

版权所有，侵权必究
未经许可，不得以任何方式复制或抄袭本书部分或全部内容
本书若有质量问题，请与本公司图书销售中心联系调换。电话：64258472-800